人

松島十湖の痛快人生

うみのしほ

もくじ

ちょっと想像してみてください。

今は江戸時代の終わりごろ。ここは江戸でも京都でもない、天竜川《てんりゅうがわ》沿いの小さな村。

あたりに広がる田んぼや畑、その中にかやぶき屋根の家。で、主人公はどこに？

「こらあー。また、おまえのしわざか！」

いきなり聞こえてきたのは男の怒鳴り声、続いてゴホゴホと咳《せ》き込む声。それに重なるように赤ん坊の泣き声と、

「まあまあ、おまえさま、あとできつくしかっておきますで」

となだめる女の声も聞こえます。

垣根《かきね》のむこうからは、こんなひそひそ声も聞こえてきます。

「吉《きち》ぼう、こんだ、なにをやらかしただか」

「りゅうさぁも大変だのう、病人と腕白坊主《わんぱくぼうず》の世話では」

「あれだけ叱《しか》られても泣きもせんとは、ぼうずもたいした根性だに」

「根はやさしいとこもあるだけどねえ」

これは、この物語の主人公・松島吉平《まつしまきちへい》（十湖《じっこ》）が子どものころの日常風景です。

第一章

出会い・学び・別れ

江戸時代、日本は外国との交流を閉ざし、人々は生まれた時から士農工商と身分が決まっていました。が、一八五三年の黒船来航をきっかけに、徳川幕府はそれまでの鎖国政策をとりやめ、アメリカやロシアとの間に和親条約を結びました。それから十年あまり、開国だ攘夷《じょうい》だと国中が真っ二つに割れる騒動のすえ、慶応三年（一八六七年）、十五代将軍徳川慶喜《とくがわよしのぶ》による大政奉還《たいせいほうかん》・江戸城明け渡し等を経て、慶応《けいおう》四年（一八六八年）、天皇を中心とする新しい国家体制が始まりました。元号が明治に、江戸は東京に、廃藩置県《はいはんちけん》、身分制度の廃止から、郵便、鉄道、学校制度、太陽暦……、ほんの数年の間に、人々の暮らしは目まぐるしく変わりました。これが明治維新《めいじいしん》です。

江戸や京都の町人から地方の村人まで、そんな時代の荒波をなんとか乗り越えることができた背景には、各地に住む名もない指導者・先覚者《せんかくしゃ》の存在が大きかったのではないでしょうか。そのうちの一人が、松島十湖《まつしまじっこ》（吉平《きちへい》）でした。彼の好奇心旺盛《こうきしんおうせい》でまっしぐら、清々《すがすが》しいほど「自分のことより人のこと」に徹《てっ》した一生を追っていきましょう。

松島吉平は、嘉永《かえい》二年（一八四九年）、松島藤吉《とうきち》（のちに源左衛門《げんざえもん》と改名）・りゅうの長男として、天竜川西岸・豊田郡中善地村《とよだごおりなかぜんじむら》（浜松市東区豊西町《はままつしひがしくとよにしちょう》）に生まれました。黒船来航の四年前、明治維新の十九年前のことです。

松島家は数百年続いた旧家で、多少の田畑を持っていましたが、それも天竜川の洪水のたびに水につかり、暮らしは楽ではありませんでした。

吉平は、数えの六歳から、隣の羽鳥村にある菩提寺《ぼだいじ》・源長院《げんちょういん》へ手習いに通っていましたが、十一歳になると、天竜川を東に越え、家から五里（約二〇㎞）も離れた横須賀《よこすか》（掛川市山崎《かけがわし》）の撰要寺《せんようじ》に預けられました。負けん気が強くて腕白な吉平に手を焼いた父親が、性根《しょうね》を鍛《きた》え直すため遠くの寺に預けたようです。

撰要寺は戦国時代に建てられた歴史あるお寺、住職も副住職も高い学識で知られていました。寺にあっては、読経《どきょう》以外にも朝夕の洗面から水くみ・掃除《そうじ》・食事……と、すべてが修行です。さらに、吉平は住み込みの小坊主さんと同じように、こまごました雑用や使い走りなども言いつけられます。その合間をぬって、吉平は、手習いにくる近所の子どもたちにまじって、漢文・和歌・書道・俳句などを学びました。束脩《そくしゅう》（月謝）を払ってないし、現代でいう教科書も持っていません。吉平は、ほかの生徒の後ろからのぞき込むようにして、懸命に学びました。

ところが一年後、天竜川の洪水で家や田畑が水につかり、そのうえ父・源左衛門が病気で倒れたという知らせが届きました。家には、年の離れた二人の弟と生まれたばかりの妹がいます。吉平は急いで家にもどると、その日から田畑を耕し、母・りゅうは、看病《かんびょう》に小間物の商いに家族の世話にと、休むひまもなく働きました。

そんな暮らしの中でも、吉平は歩いて通えるところに師を求めて学問を続けました。とりわけ熱心に取り組んだのが、近くの有玉村《ありたまむら》に住む年立庵栩木夷白《としたつあんとちぎいはく》の指導による俳句です。

箸《はし》とらぬうちに味《あじ》ある雑煮《ぞうに》かな

これが、夷白に入門してすぐの正月、十五歳で詠《よ》んだ句です。

吉平十六歳の秋、父が亡くなり、続いて末の弟も亡くなりました。さすがの吉平も、悲しみと家族を守る責任に押しつぶされそうになり、家を空けて出歩くことが多くなりました。時には、黒船来航に驚き西洋式軍隊を取り入れていた横須賀藩（静岡県掛川市）や田原《たはら》藩（愛知県田原市）の足軽隊に紛れこんで、鉄砲かついで行進の真似事までしていたのです。

しかし、田畑をほったらかして夜遅くこっそり帰っても、なにも言わず、ただ黙々と働く母の姿に、吉平は目が覚めました。

おっかさまを大事にしなくては、おとっさまにしかられる。弟の沢吉はわしに、文句のひとつも言わんが、悪かったのお。

心を入れかえた吉平は、洪水のあと荒れたままになっていた十町歩（約十ha）ほどの田畑に手を入れ、復旧させました。

さめたれば本意《ほいな》無き夢《ゆめ》や時鳥《ほととぎす》

これは、その頃詠んだ句です。

あふれるエネルギーや心の揺れを五七五の十七文字におさめることで、少しずつ落ち着きを取り戻した吉平は、入門して二年、十六歳の若さで夷白から「十湖《じっこ》」の俳号《はいごう》と俳句判者《はいくはんじゃ》（俳句の優劣を判定する資格）を許されました。

これから先、吉平は「十湖《じっこ》さん」と親しみをもって呼ばれることとなります。

その頃の十湖は、農作業の合間をぬって、近くの村に住む有賀豊秋《ありがとよあき》から国学を、高橋月查《たかはしげっさ》、小栗松藹《おぐりしょうあい》から漢学や和歌、絵画など、幅広く、そして貪欲《どんよく》に学ぶ日々を送っていました。俳句や学問に励む一方で、十湖には家長として家族を守る責任があります。そこで、慶応二年、蒲村《かばむら》の伊藤家次女・佐乃《さの》を嫁に迎えました。

十湖十八歳、佐乃十六歳。悲しみが続いた家に、明るい光が灯りました。

幕末から明治へと世の中が大きく変化したその時期、十湖の生き方を決定づけるもう一つの出会いがありました。小田原で、家業のかたわら二宮尊徳《にのみやそんとく》から学んだ報徳《ほうとく》の教えを広める活動をしていた福山滝助《ふくやまたきすけ》です。

いつ、どういうきっかけで〝福山・報徳〟の情報に接したのかは不明ですが、知りたい、究めたい、と思ったら止まらないのが十湖です。報徳について深く正しく学ぶために、十湖は、福山が住む小田原（神奈川県小田原市）まで五十里（約二百㎞）の道のりを何日もかけて歩き、途中の川では渡し船や川越人足《かわごえにんそく》を頼んで通いました。

二宮尊徳像　提供：報徳記念館

福山が教えてくれる「報徳仕法《ほうとくしほう》」は、十湖の求める「生き方暮らし方の指標」そのものでした。報徳仕法を現代で例えるならば、「①助け合い精神や社会のルールを学ぶ倫理・道

徳　②種苗・肥料の購入や収穫・出荷などの農作業を共同で行う農協　③仲間で少しずつお金を積み立て、だれかが困った時のために備える共済組合

この三つが合体した組織」といったところでしょうか。

福山滝助は十湖より三十歳ほど年上。早くに父を亡くした十湖は、福山に父親のような敬意と親しみを抱いたのかもしれません。その上、福山のもとには、報徳の教えを受けるため大勢の人が集まっていましたから、自分の村近辺しか知らなかった十湖にとって、いろいろな意味で視野を広げ、考えを深める学びの機会になりました。

感動したこと、学んだことを身近な人に言わずにはいられないのが、十湖です。家に戻れば、草鞋《わらじ》の紐《ひも》をほどくのももどかしく、母や佐乃に福山から学んだことを熱く語ります。母も佐乃も学問に親しむ家庭で育ちましたから、十湖の話をよく聞き、しっかり理解できたのでしょう。

その後、妻と子を病気で失った福山滝助は、浜松周辺の報徳社員からの「このあたりにも報徳仕法を広めたいので、ぜひ、教えに来ていただきたい」と

いう声を受けて、家業を養子にまかせて遠州《えんしゅう》・三河《みかわ》地方（静岡県西部から愛知県東部）を巡《めぐ》りながら報徳仕法を広める生涯を過ごしました。それはちょうど、若い十湖が地域で認められ、活躍が始まる時期と重なります。おそらく、十湖は忙しい仕事の合間に福山滝助のもとを訪ねていたでしょう。時には佐乃も連れて、いっしょに学んだかもしれません。

十湖は、さまざまなエピソードから「奇人・変わり者」と評されていますが、その言動をよくよく見ると、一生を通して男女、年齢や身分による上下意識や差別意識が薄かったように思われます。そのうえ、〝自分に興味があること、知ったことは、周りの人にも伝えて共有したい〟という子どものような純粋さ、ひたむきさを持っていました。それが伝わるからこそ、佐乃も熱心に学び、その後も終生、十湖を理解し支え続けたのでしょう。

福山滝助から学んだ教えを実行する機会は、すぐにやってきました。世の中が大きく変わり始めていた慶応四年（一八六八年）の初夏、何日も長雨が続きました。数年前の洪水のとき、村中みんなで力をあわせて改修した天竜川の堤防が決壊し、あたり一面、田も畑も家までが水に浸かってしまったのです。十湖の家も被害にあったのですが、報徳精神を学んだばかりの十湖は困っている村人をほうっておくことはできません。蔵に蓄《たくわ》えてあった七十俵あまりの米や麦を全部、人々に分けてしまいました。

「いくらなんでも、少しはとっとかな、来年まく籾《もみ》ものうなるに」

という母りゅうの小言もきかず、十湖は

「なあに、困ったときはお互い様。持っとるもんが施《ほどこ》すのは、あたりまえのこんだよ」

と笑うだけです。

「ほんに、ありがたいこんで」

「吉平さぁ、若いに神様じゃ」

村人たちが、泥だらけの手をすり合わせて感謝します。その様子を見たりゅうは、もう何も言えませんでした。

「自分たちの食べる分までみんな分けてしまったんで、そのあと、米屋へ買いに行ったそうな」

「損得そっちのけで人助けをする男がいる」

と、十湖のことは噂《うわさ》になって広まりました。その評判は役人にまで伝わって、十湖は天竜川の営繕司御用係《えいぜんしごようがかり》（現在の地方公共事業担当）に任命されました。

具体的な堤防改修案の提言や、急な事態への素早い対応などが認められ、それまでの庄屋にかわる百姓代《ひゃくしょうだい》にも任命されました。まだ二十歳そこそこの若者が、役人たちと対等に話をし、自分の考えや意見が言えるのです。

「昔なら、〝こんなこたぁ思いもよらんこんだ。身分に関係なく、いいことはいい、ダメなこたぁダメと言える、ええ世の中になったんじゃ」

十湖は肩をいからせ、意気揚々と宣言しました。

「わしゃあ、世の中のために働くぞ！」

この天竜川決壊で被害を受けたのは中善地村だけではありません。隣の羽鳥村でも、松島授三郎が荒れた田畑の回復に奔走していたのですが、この二人が出会うのはもう少し後の話です。

天竜川氾濫騒動《はんらんそうどう》から数ヶ月後の一八六八年秋、天皇陛下が、お住まいを京都御所から江戸城へ移されるため東海道をお通りになる日が近づいてきました。中善地村は東海道より上流にあたります。万一、堤防が崩れでもしたら大変なことです。十湖は村人に呼びかけて堤防を固め、その日を待ちました。無事、天皇が江戸に入城、江戸は東京になり、元号も明治になりました。
翌年、謹慎中の最後の将軍徳川慶喜が駿府《すんぷ》（静岡県静岡市）に移るなど、時代が大きく動きだしていたころ、俳句の師・栩木夷白が、

余《よ》ほど来たやうでもあさし花の中

の辞世《じせい》の句を遺し、年立庵の号を十湖にゆずってこの世を去りました。
十湖は、師を悼《いた》んでいくつもの句を詠みました。

月入りて身にそふ風のしむ夜かな

白露《しろつゆ》や宿《やど》りさだめぬ物《もの》ながら

夷白の死後は、前々から交流のあった小笠郡塩井河原《おがさぐんしおいかわら》（掛川市八坂）の柿《かき》園《その》伊藤嵐牛《らんぎゅう》の指導を受け、数年後、嵐牛から白童子《はくどうじ》の号もゆずられます。書き残されたものを見ると、年立庵・白童子・七十二峰庵・大蕪庵《だいぶあん》などさまざまな号の署名や落款《らっかん》がありますが、時期や気分によって書き分けたもので、どれも間違いではありません。

さらに、嵐牛から紹介されて、東京の小築庵橘田春湖《しょうちくあんきったしゅんこ》からも教えを受けました。春湖は、当時の三大俳句宗匠の一人で、宗匠の他に、〝教部省俳諧教導職《きょうぶしょうはいかいきょうどうしょく》〟という肩書も持っていました。

明治政府は維新後の人々の動揺をおさえるため、僧侶や神主をはじめ、和歌・俳句・茶道・舞踊から武術まで、さまざまな道の師匠《ししょう》を〝教導職〟に採用しました。それぞれの集まりや稽古《けいこ》の場で、人々に社会道徳や、〝権利と義務〟といった、現代では常識となっている近代思想を教えるためです。この制度は十年ほどで終了しましたが、十湖が春湖から教えを受けたのは、ちょうどその時期にあたります。

二十歳前後の若い時期に、福山滝助と橘田春湖から受けた教えは、生涯、十湖の生きる指針・原動力となりました。まさに二基の大型エンジンを搭載《とうさい》した十湖は、いよいよ世のため人のために走りだすのです。

第二章

走れ！　十湖　地域のために

維新後、あれこれ混乱が続いた政府も少しずつ形を整え、明治四年（一八七一年）の廃藩置県により、旧浜松藩領地など遠州地方全体は浜松県となり、中央から林厚徳《はやしあつのり》が知事として赴任《ふにん》してきました。

江戸時代、万一の敵の進軍を防ぐため、また土木技術の遅れもあって、東海道沿いの安倍川《あべかわ》、大井川や天竜川などの大きな川には橋がかけられていませんでした。ふだんから流れがはやく川幅も広い天竜川は、とても歩いては渡れません。このあたりの人が川向こうに行くためには、一里（約四㎞）も川下の渡し場まで行って船で渡してもらうしかありませんでした。ずいぶん遠回りです。さらに途中に中洲があるため、そこで船を乗り換えなければならず、船賃は倍かかったのです。

船賃はともかくとして渡れればいいのですが、大雨ともなれば川止めが何日も続きます。冬には山から吹きおりる空っ風で、船をこぎだせない日もあります。

「これは不便だ。人や物の往来を楽にするには、もっと近くに渡し場をつくらねば」

思い立ったらすぐ走りだすのが、十湖です。

「ちぃっと県知事どのに頼んでこまい」

十湖は県庁まで出向きました。

明治政府は、それまでの古い習慣を廃止し、政府の方針がすぐに実行されるよう、知事をはじめ大勢の役人を各県に派遣《はけん》しています。今では三権分立が当たり前ですが、当時は、行政のほか、税のとりたて、裁判や警察などすべてを県庁がとりしきっていました。役人たちがみな、権力をかざしていばっていたところへ、百姓代とはいえ名もない若者がのこのこ出かけたのですから、相手にもされません。それどころか、

「なんだ、お前は。百姓の分際《ぶんざい》で、おかみに口出しするとは無礼者め」

と、どなられてしまいます。

しかし、そんなことで十湖の信念が変わるものではありません。毎日のように出かけて渡し場の新設をうったえます。

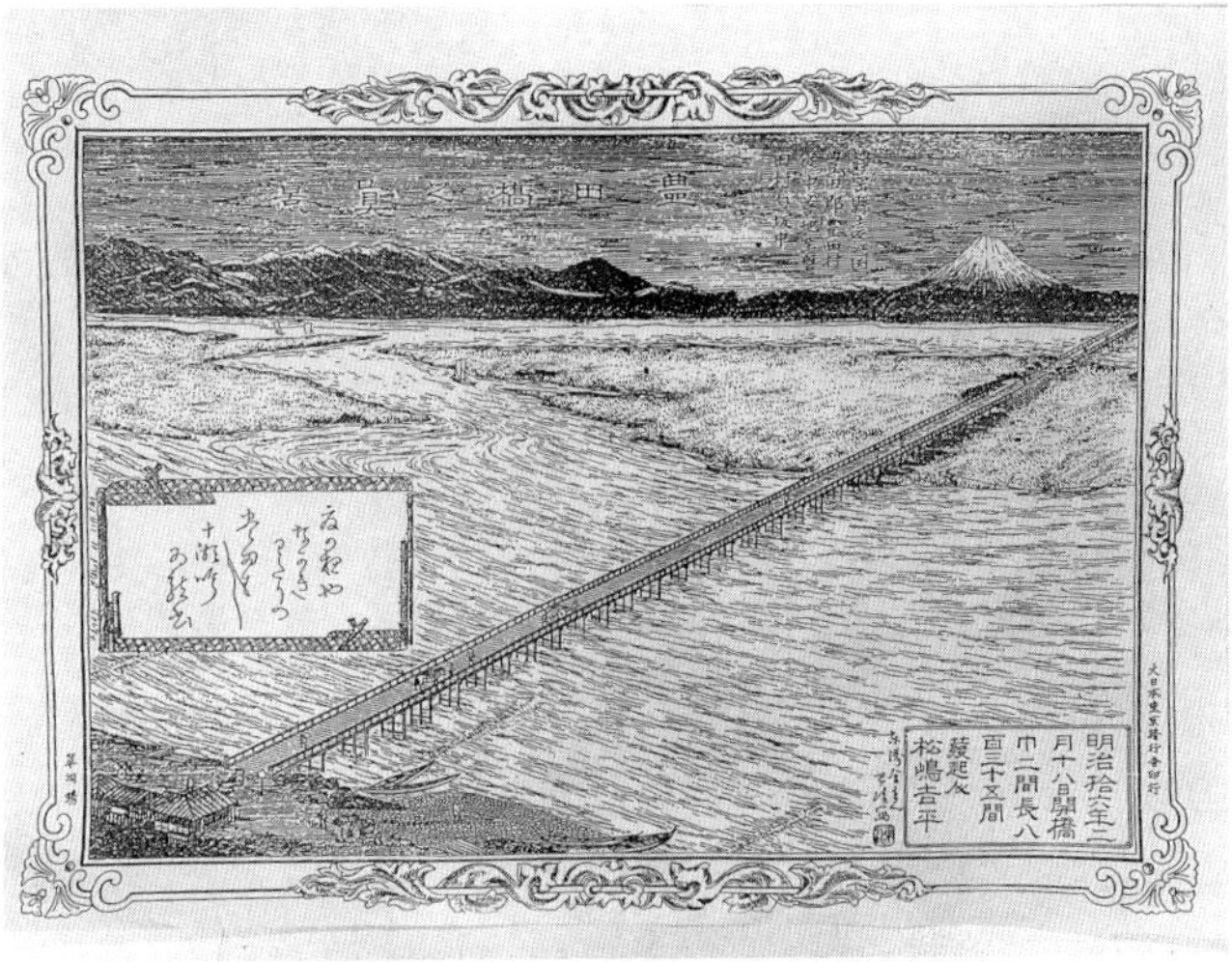

豊田橋の絵図　浜松文芸館所蔵
明治十六年二月十八日開橋・発起人松島十湖
「夏の夜やながきわたりの豊田橋」

「帰れ、帰れ」
　そのたびに追い返されても
「ここに住む者だからこそ、不便がわかるのじゃ。それが、なぜ通らんのだ」
と、十湖は、くりかえしくりかえし四十回以上も陳情《ちんじょう》に出かけました。十湖は、ずんぐりむっくりした体つき、眉毛《まゆげ》が太く、目がギロリと大きく、団子っ鼻。そのうえ大声で
「こうこう、こうじゃろう。え、え」
渡し場の必要性をとうとうと説

く十湖に、さすがの県庁も根負けをしたのでしょう。実情を調べた上で中善地村に渡船場開設の許可を出したのです。おかげで近くの村は大変便利になりました。

ちなみに、その場所には明治十六年、豊田橋《とよだばし》（現在のかささぎ大橋）がかけられ、さらに便利になりました。

春風《はるかぜ》もふき渡《わた》なり橋《はし》あらた

明治五年、新橋〜横浜間に開通した鉄道は、西の大阪〜神戸など部分的に少しずつつながっていきました。駕籠《かご》が人力車や馬車になり、ろうそくや行灯《あんどん》の暮らしはランプ、ガス灯へ変わり、世の中はどんどん明るく便利になっていきました。

そんな中、明治六年（一八七三年）、十湖は第二大区四小区、中善地村戸長《こちょう》（現在の村長）に任命されました。それまでの町、村から、大区、中区、小区と区割りをしたり、最初に決めた県をいくつか合併してみたりと、当時の行政のやり方はコロコロ変わっていきました。そうした取り決めごとを村人たちに知らせたり、学校を建てたり、戸籍《こせき》を調べたりとやることはいっぱいあります。維新前は、庄屋が村の管理や調整に当たっていたのですが、それとは比べものにならない忙しさです。ただ昔《むかし》からの地主とか旧家というだけではとても務まりません。ですから、若くて能力のある、村のためなら元気いっぱい駆け回る十湖が選ばれたのです。十湖がいきいきと活躍した時代のはじまりです。

十湖は、道路を広げ、学校をつくり、郵便局の開設を願いでました。道幅を広げるには、その分、両側の土地を提供してもらわなければなりませんし、学校を建てるにも、費用のほとんどが地元負担です。

十湖は

「これからは人や物の往来が増える。荷車が楽にすれ違えるほどの道幅にすれば、みんなが助かるし、回りまわって村の衆も豊かになるで」

と地主を説得し、学校建設には
「村に無学の家が一軒もないよう、字の読めない子が一人もいないようにと、これは新政府の大方針であります。これからの日本は、広く海外に門戸を開け、新しい知識を吸収せねばなりません。そのためには、なによりもまず、教育です。これまでの寺子屋とはちがいますぞ。学校です。学校！」

と演説をぶちながら、一番目に、松島吉平、と自分の名前を書いた奉加帳《ほうがちょう》（寄付者名簿）を持って寄付金集めに回ります。

戸長といっても、給料はすずめの涙ほど。その給料も洪水で被害を受けた村人を助けるため、そっくりそのまま村にさしだしています。けっして豊かではない十湖が真っ先に寄付をし、さらに、貧しい家からはとりたてないこともわかっていますから、誰も文句は言えません。

さらに、新しい物好きでノリの良い〝遠州の空っ風〟〝やらまいか精神〟も後押ししたのでしょう。寄付金は順調に集まり、計画は予定通り運びました。中善地村は他の地域にくらべて、納税率も就学率も、ずばぬけて高かったそうです。

村周辺には、東海道、姫街道《ひめかいどう》、笠井街道《かさいかいどう》と三本の道が交差するように通っています。それらの街道を行き来する人々から、各地のできごとや新しい知識・情報を得ることができる土地柄だったことも、十湖の考えや活動が受け入れられた理由の一つでしょう。

とはいえ、十湖は身なりをかまいませんし、せかせかと走り回るので着物の前や裾《すそ》はいつも乱れています。こうと思えば目上の人だろうが役人だろうが、遠慮なしに大声で食ってかかります。あごをあげて「え、え、どうじゃ」と重ねて言う様子は人を小バカにしたように見えてしまいます。そんな十湖のことを、こころよく思わない人もいたようです。

「若造のくせに、なんだ、あのデカイ態度は」

「戸長だなんだと、のぼせやがって」

襲ってやる、という声を耳にして忠告した人もいますが、十湖は笑ってとりあいませんでした。

一方で、十湖は福山滝助の指導を受けながら村に三方報徳社《みかたほうとくしゃ》を組織しました。村を一つの共同体として、蚕《かいこ》や苗《なえ》をまとめて購入、田植えや水の管理・収穫作業などを共同で行い、さらに、みんなに夜なべで縄《なわ》をなうことを勧めました。当時の農民は、米を収穫した後の稲藁《いなわら》で草鞋《わらじ》や縄などを作っていましたから、縄をなうことは誰でもできます。

十湖は三年ものあいだ、毎朝、一軒一軒縄を集めて回りました。縄は現在のロープ、荷造り用、土木工事用に広く利用されていました。縄を売った代金は、だれかが困ったときのために積み立てておくのです。その頃、多くの男たちは仕事が終われば酒か博打《ばくち》、その横で女たちは縫《ぬ》い物《もの》か糸繰《いとく》り、といった日々で、将来に備えるという意識は低かったのですが、毎朝早くから十湖に来られてはさすがに怠《なま》けるわけにいきません。こうして、みなの暮らし向きは徐々に改まっていきました。

そんな忙しさの中でも、十湖は俳句を作りました。あれこれ煩《わずら》わしいことがあっても、句にむかうときは心をしずめ、おだやかになれるのです。

村雨《むらさめ》の晴《はれ》て猶《なお》さらうららかに
面白《おもしろ》き事《こと》こそつもれ月の頃

第三章

あばれ天竜　あばれ十湖

そのころの、いかにも十湖らしいエピソードを紹介しましょう。

天竜川の源は中部山岳地帯。山々からくだった水は諏訪湖《すわこ》に貯えられ、そこから、長野、愛知、静岡の三県を豊かな水量でうるおしながら下り、海へと注ぎます。しかし、暴れ天竜と呼ばれるように、天竜の流れは毎年のようにどこかしらで堤防をこえ大きな被害をもたらしています。

明治七年秋、長雨が続いていました。村人はもちろん、十湖は毎日のように堤防の様子を見にいきます。ふだんは広い河原も、一面、水に浸かり、茶色ににごった流れがごうごうと音をたてて流れくだっていきます。水しぶきが堤防にあたってはくだけ、見ているだけで足元から引き込まれそうな恐ろしさですが、このあたりの堤防は、おととし決壊した後、しっかり補強したので今度はどうやらもちそうです。

しかし、笠井街道をはさんで中善地村より十町（約一㎞）ほど上流の倉中瀬村《くらなかせむら》では、堤防が切れそうだと大騒ぎでした。土嚢《どのう》を積む者、杭《くい》を打ち込む者、それぞれ働いてはいるのですが、みんなてんでばらばら、勝手に動き回っています。戸長が大声で指図しても、だれも聞きません。あちこちでぶつかるやら、つまずくやら、そのうち小競り合いまではじまり、中には腹を立てて帰る者まで出てくる始末です。

「戸長さぁ、こんなこと言っちゃあなんだが、このままじゃらちがあかんずら」

一人の男が、おずおずと戸長に声をかけました。

「ああ、どうしたらよからす」

「中善地に松島吉平さぁっちゅう、なかなか男気のある衆がおるそうだで、ここはひとつ吉平さぁに頼んでみたらどうずらか」

「ああ、そりゃ、ええとこに気がついた。吉平さぁの評判なら、わしも聞いたことがあるに。さっそく頼んでみまいか」

戸長は十湖の家に急ぎます。戸長の話を半分も聞かないうちに、十湖は雨の中を駆《か》けだしました。堤防についてみると、なるほど、大勢の男たちが働いてはいましたが、ただ右往左往しているばかりで、まったくはかどっていません。

「お、吉平さぁ」

「吉平さぁが来ておくれたぞ」

見知った男が何人か顔をあげます。十湖は、さっそく近くにいる者に指示をだします。

「おまえさぁらは、警官を呼ばってこぉ。それから、そこの衆、おまえさぁらは、酒をありったけ買ってこぉ」

戸長も、そばにいる男たちも、顔を見合わせています。すぐにも作業にとりかかるかと思っていたら、酒だって？

しかし、酒と聞いて、もみあっていた男たちも、疲れてうんざりしている男たちも集まってきました。一方、そ知らぬ顔で堤防の様子を見ていた十湖は、そばにいた男たちに丸太と縄を指さして説明したり、別の男にもなにやら指示を出したりしています。そこへ、警官が数人、姿を見せ、四斗樽《しとだる》もいくつか届きました。

「さあ、酒がきたぞ。体が冷えとっちゃあ、思うように働けんずら。なにはともあれ、まぁ飲め飲め」

「さすが吉平さぁだ。気前のええこと」

四方八方から男たちの手がのび、さっそく柄杓《ひしゃく》に酒をくんでは回し飲みです。四斗樽が、たちまち空になります。男たちの顔が赤らみ、体からは湯気が立ちはじめました。そこで、十湖は空《から》の四斗樽にとびのると大声をはりあげました。

「これからやろうとすることは、皆の衆がやったことと、たいした違いはないかもしれん。わしが来たからとて、水が溢《あふ》れるのを止めることたぁできんかもしれん。じゃが、ここの様子を見て、ちいっとばかり思いついたことがある」

そう言うと、十湖はぐっとあたりを見わたしました。周りにいた男たちは思わず、うん、とうなずきます。十湖は、さきほど指図して作らせた振投木《ふりなげき》(数本の丸太を消波ブロックのように組んだもの)を堤防のはしから落としました。ごろんごろんと転がり落ちた振投木はいったん水に浮きかけてから、がしりと土手に食いこみます。そこをめがけて石を詰めた蛇籠《じゃかご》を落とせば、もうびくとも動きません。

おおっ、とどよめきがわきあがりました。

「みんな、死にもの狂いで働いてくれるかっ！」

十湖の声に、男たちがいっせいにこたえます。

「おうっ」「やらまいかっ」

ここでも〝やらまいか精神〟です。振投木を組む者、蛇篭に砂利を詰める者、運ぶ者、中には、近くに生えている松の木を切って振投木代わりにする者まで、みな、ためらいなく働きだします。いつのまにか、日が傾いてきました。雨は、やみかけては、また、ざあっと大粒のしずくをふらせます。

かがり火が赤々と燃え上がるなか、十湖はたいまつを振り、大声をあげながら土手を駆け回りまわります。

「川が濁《にご》っとって見にくいで、足元に気をつけぇよ」

「蛇籠は、振投木めがけて落とすだぞ」

「そこだ、そこに杭を打ちこめ」

水防作業をする男たち、がんどうを持つ警官

さっきまでとはうってかわって、村の衆もキビキビと動きます。警官が見張っているので、喧嘩《けんか》やもめごともおきません。

そのうえ、

「ええか。あばれ天竜なんぞに負けるなよ。よう働いたもんには、二倍の手当を出すぞ」

と言われれば、いっそうふるいたちます。

一晩中かかって土嚢を積み上げ杭をうちこみ、長さ四〇間（約七〇m）にわたって崩れかけていた土手を固めました。さすがの十湖も村の衆もヘトヘトになったころ、東の空があからんできました。気がつけば、とっくに雨はやんでいます。水嵩《みずかさ》はまだ高いものの、川の流れはいくぶんゆるやかになっています。もう安心です。

「おおっ。できたぞっ」

「やった、やった」

だれからともなく、歓声があがります。どちらをむいても泥だらけの顔ばかり。みな、たがいの顔を見あっては、肩をたたいて笑いあいます。

うちへ帰ってそのまま眠りこんだ十湖のもとに、倉中瀬村の戸長や主だった村人たちが昨夜の礼にやってきました。

「いやあ、吉平さぁのおかげで助かりました。なんといってお礼を申したらええやら」

口々に言ってはお辞儀《じぎ》をする人々に、十湖はケロリとした顔で言いました。

「なんの、なんの。お役にたってよかったのう。ところで、ツケはそっちで頼むでな」

「え、ツケと申しますと」

「ゆんべの酒代のこんだ」

「あ、あれは吉平さぁのおごりでは……」

倉中瀬の戸長は、いまさら「いや」とは言えず、高い酒代を払ったとのことです。

この後もたびたび、天竜川の堤防が決壊、あるいは決壊しそうになり、十湖が緊急出動してことなきをえるということがありました。それほどに、恵みをもたらすと同時に災害の恐れもある天竜川との共存は、川沿いに暮らす人々にとって切実で重大な問題でした。

天竜川や台風はあまりに身近な素材だったせいか、ほとんど詠んでいませんが、その時はこんな心境だったかもしれません。

雨はれよ雲ふき晴れよ秋の風

明治維新は、世の中のしくみを大きく変えました。それまでいばっていた侍は、刀を捨てちょんまげを落とし、自分の力で働かなくてはならなくなりました。士農工商の身分がなくなったかわり、だれでも自由に物事が言える時代になったのです。

「これからは、お上が決めたことに、ただ従えばいい、という時代ではない」

「自分たちの国のことは、自分たちみんなで決めるのだ」

広く知識を持った人たちは理想に燃え、それぞれ国づくりについて話し合いました。そのころの記録を見ると、政府の役人だけでなく、東京からはるか離れた山村や漁村でも、人々が憲法案などについて話しあっています。通信衛星どころかテレビもラジオも、全国版の新聞すらないころですが、新しい情報が想像もつかないほどの早さで地方に伝わっていたこと、その情報を正しく理解できる人が大勢いたことがわかります。

十湖も、明治七年、現在は常識となっている「行政・立法・司法の三権は分離すべき」と浜松県民会に提案するなど、国づくりの理想に燃えていた一人です。明治九年に浜松県公選民会議会が開設されると、さっそく議員に選ばれ、意気揚々と登院しました。当時、議員はほとんど地域の有力者や大地主。議会のあり方も理念とはほど遠いものでしたし、半年後には浜松県が静岡県に合併され静岡県民会になるなど、組織も運営も混乱していました。そんな中、十湖は自分の足で地域の実情を調べ、正確なデータをもとに熱弁をふるって多くの議案を提出し、大活躍しました。

もっとも、中には、就任歓迎会で長々と演説を始めた大迫貞清《おおさこさだきよ》県令（県知事）にむかって「そんなありきたりなことは聞きたくない。もっと新しいことを述べよ」と不規則発言をして、まわりの人をハラハラさせた、というエピソードもありますが。

しかし、明治十一年（一八七八年）、十湖はせっかく選ばれた議長の椅子をおりました。それには、同じ天竜川流域に住む金原明善《きんばらめいぜん》に関係する事情があったのです。

中善地村から一里半（六㎞）ほど川下の安間村《あんまむら》に住む金原明善は、十湖より二十歳近く年長、明治維新の際には、天竜川の堤防補強などの功績により明治天皇から苗字帯刀を許されるなど、地域の名士です。

明治維新の翌年、天竜川水防掛に任命された明善は、政府に頼らず私財をなげうって、まず川岸の堤防工事、さらに工事に必要な木材を育てるための植林など、計画的に治水に取り組みはじめました。さらに、ある人が天竜川に橋を架ける計画が中断して困っているという話を聞いて、その権利を買いとり、長さ一㎞あまりの「天竜橋」を完成させるなど、治水・架橋事業を続けていました。（注　旧東海道（国道一号線）の通行を支えた木造「天竜橋」は、修理を重ねながら昭和初期まで運用された後、鋼鉄製「天竜川橋」に架け替えられました）

天竜川の治水は難事業です。地域の人たちも、すぐに結果の出るような簡単なものではないことは、よくわかっています。それでも、工事のたびに集められる村人のあいだでは、

「言っとることは立派でも、ちっとももはかどらんじゃないか」

「しかも、いちばん忙しい刈り入れ時に人手を集めるたぁ、百姓の暮らしが

晩年の二人。左・明善　右・十湖　　浜松文芸館所蔵

わからんだか」

と、少しずつ不満の声があがりはじめていたのです。

その他、チグハグに見えることがあっても、安間村の旧家で大庄屋、県会議員も務めている明善に遠慮してだれも苦情が言えずにいました。そこで、十湖はまわりに迷惑がかからないよう議長を辞任した上で、個人の名で建議書を提出しました。十湖も、長年暴れ天竜と戦っている一人です。実情をよく知っているからこそ、事業計画の中で足りないところ、気づかないところを具体的に指摘したのです。

この件は、あっという間に
「十湖小僧が明善和尚にかみついた」

「あの二人は犬猿《けんえん》の仲だ」

と、噂になって広がりました。が、十湖はけんかを売ったつもりはありません。事業の成功を後押しするための提言でしたし、おそらく、明善にはその思いが伝わっていたことでしょう。

その後も、周囲からは「明善と十湖は不仲だ」と思われていたようですが、地元のために天竜川治水に貢献しようという根っこの思いは共通していました。

大正十二年（一九二三年）、金原明善葬儀の際〝父祖以来の一大私財を投じて、天竜川治水の業を興《おこ》され、雨の朝　風の夕　東奔西走　日尚《なお》足らず沿岸四郡一一八ヶ町村を救済せしは、翁の実に一代の偉業…〟と心をこめて読みあげた弔辞からも、十湖が明善を深く尊敬していたことが伝わります。

長期的計画的にじっくり取り組む明善と、思いつくと同時に走り出し、周りも巻き込んでしまう十湖。ゴールは同じでも、アプローチや手法が大きく異なっていた、ということでしょう。

明治十三年一月、大迫貞清県令は、明善との一件で話題になった十湖をしばらく地元から離した方がいいと配慮したのか、静岡県庁の官吏として任用しました。静岡に赴任した十湖は、静岡市西草深《にしくさぶか》の官舎に佐乃と、まだよちよち歩きの次男・藤吉を呼び寄せて一緒に暮らしました。十湖は、外に向けては強い顔を見せていましたが、実は家族思いのさびしがり屋だったのかもしれません、佐乃にはいつも側にいてほしかったようです。

明治十四年四月、静岡県庁在任中の十湖は「天竜川の実情を知りたい」という内務卿《ないむきょう》（当時の実質的な総理大臣）から連絡を受けて上京、現状を説明した上で治水工事の重要性を訴えました。もちろん、意識の中に明善との確執などまったくありません。ただ、天竜川の治水を願っての訴えです。

その上京の折、「せっかくなら、この人に会ってこい」と、県庁の石黒書記官が一通の紹介状を持たせくれました。紹介状を手に十湖が向かった先は、赤坂氷川神社《あかさかひかわじんじゃ》近くの勝海舟《かつかいしゅう》の屋敷です。

勝海舟は徳川幕府の身分の低い武士でしたが、能力が認められ長崎で蘭学《らんがく》や航海術《こうかいじゅつ》を学び、万延元年（一八六〇年）日米修好通商条約《にちべいしゅうこうつうしょうじょうやく》の批准書交換《ひじゅんしょこうかん》の際には、使節団《しせつだん》が乗る旗艦《きかん》ポーハタン号に随伴《ずいはん》する咸臨丸《かんりんまる》でアメリカに渡りました。帰国後は海軍の育成に力をそそぐ一方、坂本龍馬ら多くの人々と立場を超えて交流、鳥羽伏見の戦いで徳川方が破れたあとは、薩摩藩士・西郷隆盛との会談で江戸城を無血開城に導いたことでも有名な人物です。最後の将軍・徳川慶喜も勝海舟を信頼し、後々まで勝の意見には素直に耳を傾けたといいます。

維新後は表舞台から退き悠々自適《ゆうゆうじてき》の日々を過ごしていましたが、なんといっても、あの勝海舟です。このとき勝海舟六十歳、十湖は三十三歳。こわいもの知らずの十湖も、さぞかし緊張しての訪問だったことでしょう。

まだ世の中が落ち着かない中、屋敷への人の出入りには厳しかったはずですが、紹介状に目を通した勝は、すぐに十湖を座敷に通してくれました。そこで待っていると、足音がし、ふすまが開きました。姿勢を正してあいさつをする十湖の顔をのぞきこんだ勝は、

「ほほう、おまえさんが十湖さんかい」

若いころの勝海舟。アメリカ訪問中に撮影
東京都大田区立勝海舟記念館所蔵

と、クスクス笑いだすではありませんか。

「な、なにか」

粗相《そそう》でもあったかとあわてる十湖に、勝は手に持っている紹介状を見せました。そこには十湖の紹介のあと『田舎者《いなかもの》

にてしかたなき者に候《そうら》えば、なにとぞお叱《しか》りくだされたく候《そうろう》』とあったので
す。これには、十湖も苦笑いするしかありません。
これがきっかけで話がはずんだのか、どうやら二人は意気投合したようで、
勝は「お前は面白い奴だ」と言いながら、土産代わりに次のような書をした
ためてくれたのです。

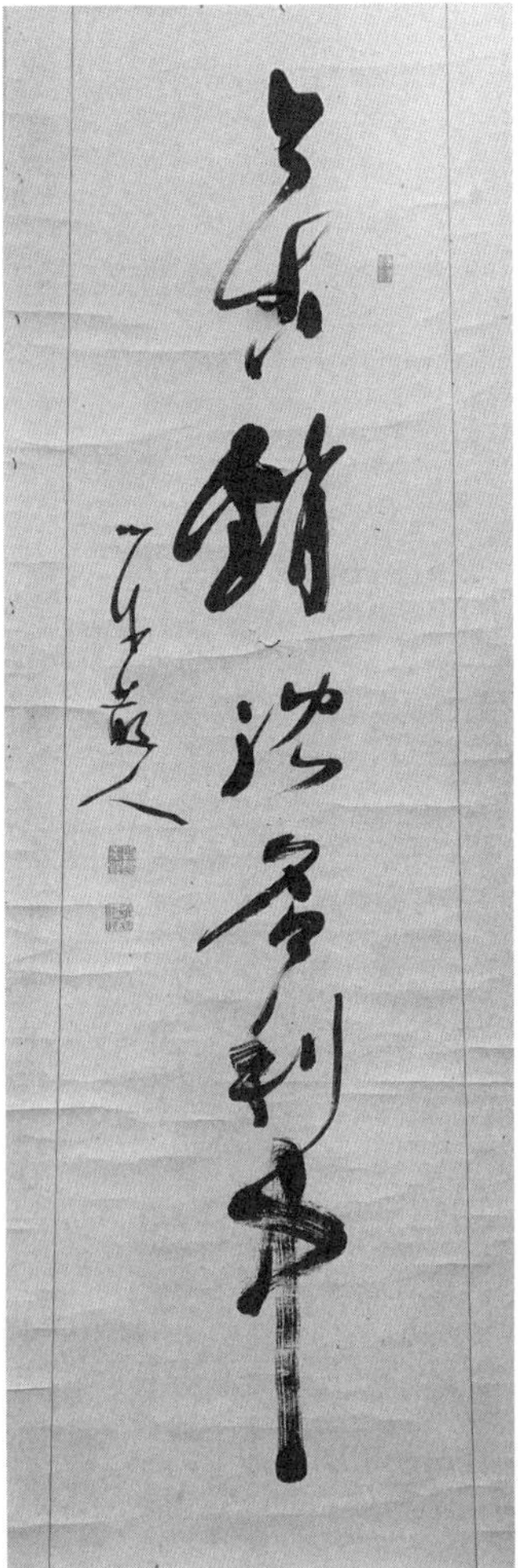
勝海舟掛け軸

今古銷沈名利中　　海舟散人

＊現代語訳

今も昔も　たとえ歴史上に名を残さなくとも　立派な志をとげたことは人々の心の中に残るものだ　　世間にとらわれず気ままに暮らす海舟

掛け軸に添えられた紙には

勝阿波守海舟　重當建什（勝安房守海舟　まさに漢詩をたてる）

とあります。

この書はきっと、十湖の胸にズシンと刺さったでしょうし、勝との面談は十湖の視野を広げるよい機会になったことでしょう。

頂いた書は、掛け軸として表装し床の間にかけるなど大切に扱っていましたが、後に、大正天皇即位祝賀の記念に、菊川市の應聲教院《おうしょうきょういん》に寄贈しています。

第四章

十湖と人々との縁

明治維新前、日本はアメリカ・イギリスなどの大国と修好通商条約を結びましたが、中身は一方的に日本に不利な不平等条約でした。この条約の改正を求めるため、そして、アジアに進出（＝植民地化）しようとしている欧米に対抗するためにも、もっと国力をつけ軍隊を強くしよう《富国強兵《ふこくきょうへい》》、近代的な産業を育てて経済力をつけよう《殖産興業《しょくさんこうぎょう》》、というのが、当時の日本政府の立場であり、悲願でした。

しかし、一方で国民、中でも貧しい人や農民たちからは、「地租改正《ちそかいせい》で税の負担が重くなる一方だ」「一部の人は国のえらい衆と手を結んで、どんどん儲《もう》けているではないか」と不満の声があがっています。

明治十年前後から

「国会を開け」

「同じ意見の者同士で政党をつくろう」

という声があちこちで起こりはじめました。

明治維新で身分や家柄など関係なく自由に物が言える世の中になったはず

なのに、国の政策は元の大名や維新で功績のあった人が中心になって決めていますし、あいかわらず役人はいばっています。国民の声を聞くため、広く国民から議員を選んで国会を開く、と言われてから何年もたつのに、なかなか実行されません。

明治十四年（一八八一年）には板垣退助《いたがきたいすけ》が自由党を結成、翌年、大隈重信《おおくましげのぶ》が立憲改進党《りっけんかいしんとう》を結成するなど、次々に政党が生まれはじめています。明治維新以来まだ決まっていない憲法についても、さまざまな案が発表されていました。

国の方向・方針を、みんなで考え議論しようという自由民権運動の演説会なども、各地で活発に開かれました。十湖も、板垣の演説会に参加するなど、運動に刺激を受けたようで、県議会の活発化、行政の無駄をなくす、事務の能率化など、しきりに議会や新聞などで訴えています。

現実に沿った提案や、地域のために働いた実績などが認められたのでしょう、明治十四年七月、静岡県庁在任中の十湖は、浜松の北西に広がる引佐《いなさ》・

麁玉《あらたま》両郡（浜松市北区・浜北区）の郡長に任命されました。

静岡在任一年半の間に親しくなった友人知人による盛大な送別会のあと、

虫の音《ね》に噺《はなし》まぎらす別れかな

の句を残して、十湖一家は静岡官舎を後にするのでした。

この時、十湖三十三歳。るめ・源一《げんいち》・藤吉《とうきち》と三人の子に恵まれ気力活力の充実していた時期、十湖の行政手腕がいかんなく発揮《はっき》された日々の始まり、そして、不思議な一本の糸に導かれるように今後の人生に大きく関わる仲間、朋友とつながっていく時期でもあります。

のちに十湖を支え、力を貸してくれた仲間とつながるきっかけ、縁《えにし》の糸をたぐるため、いったん、天竜川東岸の掛川に目を移しましょう。

天竜川から東へ四里（約十六㎞）ほど離れた掛川は、豊臣秀吉の家臣・山内一豊以降、代々の譜代大名が治めた城下町。ただ、掛川一帯は大井川水系の細い川が流れるのみ、深い井戸を掘ったり溜池《ためいけ》を作るなどしても毎年のように水田が干上がり畑の土がひび割れるなど、天竜川の洪水と戦う中善地あたりとは逆の意味で水に悩まされていました。さらに、明治維新前後の混乱と動揺は、ここ掛川にも及んでいます。

掛川城から東海道を挟んで一里ほど北の倉真《くらみ》村で、代々庄屋を務めている岡田家は、長年、農民たちの困窮ぶりに心を痛めていました。同様に年貢が主な収入源である掛川城主も、なにかと岡田家を頼りにしていました。さらに、岡田家が請け負って掛川城南方面の荒れ地開墾に当たらせているものの、中には一家で夜逃げする者も出るなど、苦労の種は尽きません。

どうしたら皆を救うことができるだろうかと考えていた岡田家当主・佐平《さへい》治《じ》は、誰やらが「報徳仕法」を人々に広めているという噂を耳にしました。それは、ちょうど中善地村で十湖が生まれたころです。

その報徳仕法を教えている誰やらは、安居院庄七《あぐいしょうしち》と名乗る、口は達者だ

安居院庄七　大日本報徳社提供

が、どうもあやしげな人物のようです。

「ちょっと話を聞きたいので、その人を見かけたら連れてきておくれ」

佐平治は村人に声をかけました。

安居院庄七についての詳細な記録は残っていませんが、相模国《さがみのくに》（神奈川県）出身、商売に失敗し借金を負ったのをきっかけに、それまでの乱れた暮らしを反省し、たまたま耳にした報徳仕法を取り入れて生活再建。その後、二宮尊徳に面会できないまま、勝手に弟子を名乗って報徳仕法を自己流で広めている、というユニークな人物のようです。

それらの事をどこまで承知していたのか、岡田佐平治は安居院庄七を呼び出し、〃報徳の根本思想と実生活に即した現実的な仕法〃の説明に耳を傾けました。安居院の話に深く共感した佐平治は、報徳仕法を村々に広める許しを出しました。さらに、数年後の嘉永元年（一八四八年）には、自身が尊徳に面会し直接教えを受けるだけでなく、長男・良一郎を四年間、日光の尊徳塾へ預けて学ばせました。

岡田佐平治　大日本報徳社提供

佐平治は、勝手に弟子を名乗っていた安居院庄七を尊徳に引き合わせ、正式に弟子と名乗る許しをいただけるよう口添えまでしたのです。このエピソードからも、安居院庄

岡田良一郎　（黒田清輝・画）
大日本報徳社提供

七の七転び八起き人生と、それを承知したうえで信頼をおく岡田佐平治の懐の深さ・人間力を感じます。

ちなみに、十湖が生まれたのは嘉永二年。岡田佐平治が安居院庄七を通して二宮尊徳に教えを受けた一年後です。

日光の尊徳塾で各地から集まった仲間と一緒に学んだ良一郎は帰郷後の明治十年（一八七六年）、倉真に全寮制の私塾「冀《き》北《ほく》学《がく》舎《しゃ》」を作り、優れた人材を育成しました。学びの場としての機能は七年後に終えましたが、建物は現存しています。

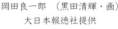

明治十一年に没した佐平治の跡を継いだ良一郎は「遠江国報徳社《とおとうみこくほうとくしゃ》」、「掛川農学社」を創立。「遠江国報徳社」は、社会家庭教育、農業や家業に精励した者を表彰、貧村への援助などに力を入れ、「掛川農学社」は農業指導や指導者の育成に尽力しました。こうして、二つの社は車の両輪のように、村人の心を耕し農業振興を後押しするのでした。

松島授三郎肖像画　個人蔵
（明治四十二年　山下青城筆）

ここで、後に十湖の右腕となり、終生十湖を支え続けた人物・松島授三郎の登場です。松島授三郎は、十湖と同じ苗字《みょうじ》ですが血縁関係はありません。十湖より十歳ほど年上。中善地村の隣・羽鳥《はとり》村《むら》で農業のかたわら薬種店（薬草を元にして丸薬や薬用酒等を調合・販売）を営んでいましたが、十湖同様、度重なる洪水被害に悩まされ、将来への展望・指針を求めて、安居院庄七の話を聞くため掛川まで通っていたのです。

十湖が、尊徳の弟子・福山滝助から報徳を学ぶため小田原まで通ったのと、後々、十湖の右腕となる松島授三郎が安居院庄七から報徳仕法を学ぶため掛川まで通ったのは、明治維新の夜明け前、ほぼ同時期と思われます。ともあれ、掛川で安居院庄七や岡田父子から報徳の精神と実践を学んだ松島授三郎は、後に引佐・麁玉で十湖と再会し、大きな力となってくれるのです。

今度は、これから十湖がおもむく引佐・麁玉郡について説明しましょう。

江戸時代、江戸・日本橋を起点に京都・三条大橋までをつなぐ東海道には、五十三次の宿場がありました。宿場町には、参勤交代の大名が泊まる本陣、一般の旅人が利用する旅籠《はたご》や駕籠屋《かごや》などが一か所に集まり、つねに賑《にぎ》わって

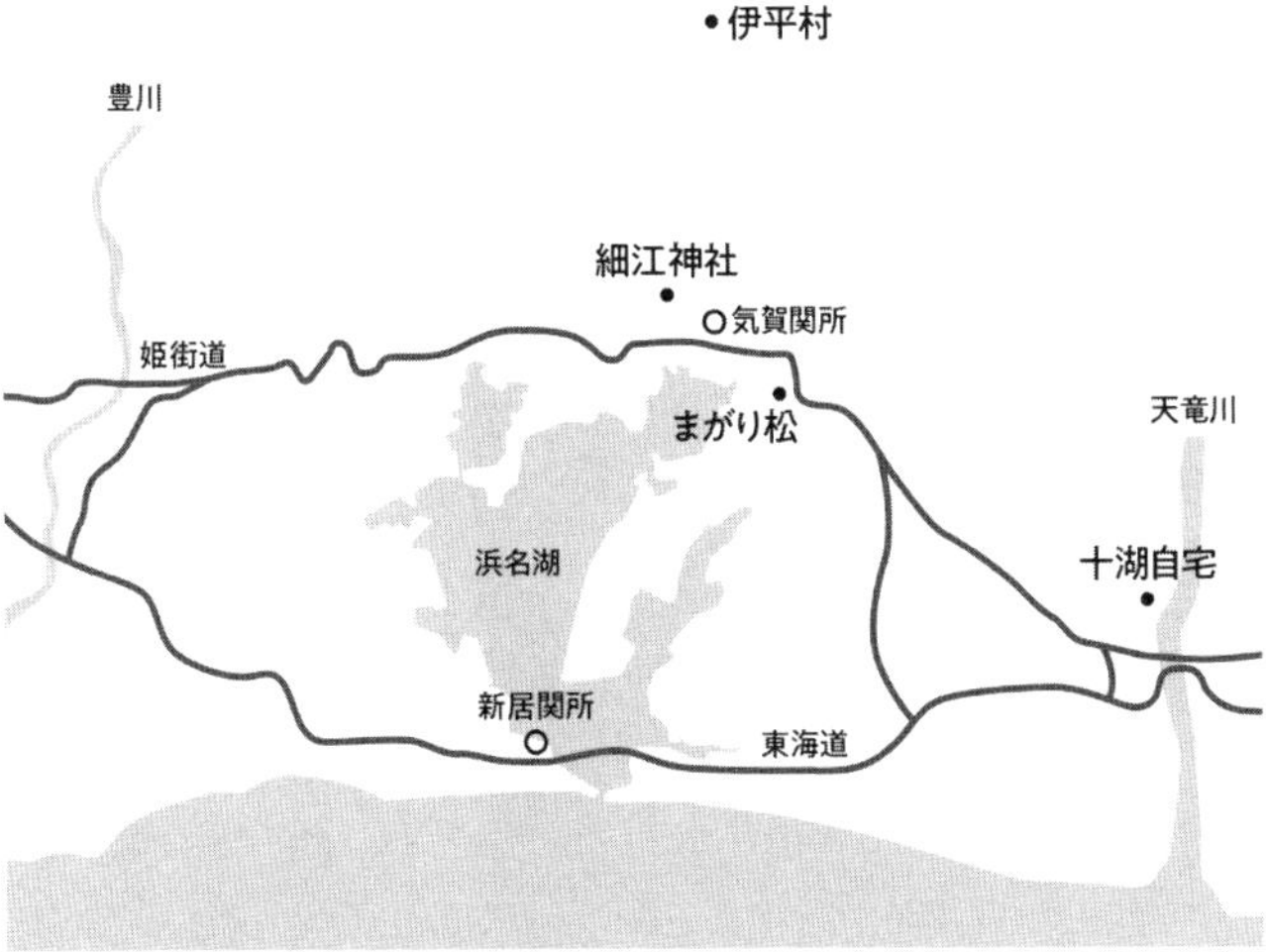

浜名湖絵図

いました。

ただし、手のひらを広げた形の浜名湖が太平洋とつながる手首の部分、西岸の新居宿《あらいしゅく》には、箱根関所とならぶ厳しい調べで有名な関所がありました。

出《で》女《おんな》入《いり》鉄砲《てっぽう》（幕府に反乱を起こす疑いのある者や武器）を見つけるための関門ですから男女、年齢の別なく調べられます。女性、特に武家の女性は武器や密書《みっしょ》を隠していないか、髷《まげ》の中、着物の衿《えり》や帯《おび》の結び目まで（別室で女性の係によって）調べられることもありました。

無事に関所を通っても、西の新居と東の舞阪《まいさか》の間は潮の流れが速く、渡し船でなければ渡れません。雨が続けば何日も足止めです。女性たちの多くは厳しい調べや足止めを嫌い、たとえ遠回りでも浜名湖の北岸沿いに迂回する道を通りました。その道を姫街道といいます。

一口に引佐・麁玉郡といっても、東西は姫街道沿いに西の奥浜名湖から東の三方原台地《みかたはらだいち》にかけて広がり、南北には、浜名湖沿いの気賀・細江村あたりから、中部山岳地帯の山々につながる山深い地域までつながる、東西南北に広い郡です。それぞれ地域ごとに、農作物から暮らし向き、賑わいも文化も違います。

姫街道の金指あたりからほぼまっすぐ北へ向かう道（国道二五七号）を二里（約六㎞）ほどのぼったあたりに、伊平《いだいら》（引佐町伊平）という村があります。この村に代々続く旧家で篤農家の野末九八郎と、奥山方広寺の末寺の一つ・長與寺《ちょうこうじ》の住職は、村の男たちの風紀の悪さに頭を痛めていました。

前にも、男たちは仕事が終われば博打《ばくち》か酒、と書きましたが、それは伊平でも同じ。いや、狭い村で娯楽や変化が少ないだけに、もっと乱れていたかもしれません。若者からいい歳をした大人まで酒や博打、喧嘩に明け暮れる日々を過ごしているのです。

そこには、明治維新でそれまでの価値観や人々を縛《しば》っていたルールが崩れ、気持ちのよりどころを失ったという背景もあったかもしれません。理由はともあれ、九八郎と長與寺住職は、若者たちが集まりやすいようにと、寺の大広間に赤飯お握りと沢庵を用意して講話を聞かせるなどしましたが、馬の耳に念仏。まったく生活が改まる気配はありません。

野末九八郎たちの「この地域の改革に力を貸してください」という要請を受け、一家そろって移住を決意したのが、掛川で安居院庄七から報徳を学んだ松島授三郎です。長年洪水被害に悩まされていたこと、さらに、薬草採取の際、何度か野末家を訪れていた中で、九八郎の村を思う心に触れていたこ

とも授三郎の背中を押しました。

迎える九八郎としても、授三郎の穏やかな中にも芯の通った人柄、報徳を

一誠舎欄間額　個人蔵

深く学び羽鳥村を復興に導いた実績に加え、病気や薬への知識が深いということも、大きな魅力でした。

明治八年、伊平村に居を構えた授三郎は、掛川で得た経験を生かして、九八郎とともに「一誠社」と名付けた塾を開きました。

まずは長與寺のお握り・沢庵方式で若者たちを集めると、読み書きできない人も多かったため、基礎的学習から始まり、食後は縄をないながら授三郎や住職から話を聞いたり、若者同士、自由に話し合うなどさせました。授三郎は、学びと交流の場を提供し、人々が自分から学ぼうとする意欲がわくのを待ったのです。

「一誠社」は、初めの内こそポツリポツリでしたが、次第に人が大勢集まるようになりました。

授三郎は、地元の顔見知りばかりでは広がりがないと感じさらに輪を広げるため、明治十二年「一誠社」を発展させた「農学誠報社」(のちに「西遠農学社」と改称)と「遠江国報徳社」(のちに「西遠報徳社」と改称)を結成しました。それぞれ、目的と方向性を定めた二つの組織を立ち上げたのです。

伊平から始まり、徐々に引佐麁玉郡全体に広がっていった「西遠農学社」「西遠報徳社」と、掛川の「掛川農学社」「遠江国報徳社」は、どちらも松島授三郎が深く関わって結成されたという意味で別働隊、つまり姉妹校のような間柄になります。

こうして、松島授三郎を中心に、野末九八郎を社長とした二つの社が各地域に拠点を増やしていたところへ、十湖郡長就任の知らせが入ったのです。その情報は、またたく間に村の青年や報徳社仲間のあいだへと伝わっていきました。

明治十四年(一八八一年)七月末、いったん中善地の自宅に寄った十湖は、るめ、源一の二人の子どもと留守宅を母・りゅうに頼むと、妻・佐乃と幼い次男の藤吉を連れて引佐郡の気賀《きが》村へと向かいました。中善地から引佐まで、今では車で一時間強の距離ですが、当時は、ようやく人力車が一般に広がりはじめたころです。これから向かう十湖たちも、家に残って送りだすりゅうたちも、それなりの覚悟を胸に抱いたことでしょう。

涼《すず》しさに立《たち》さりかぬる木かげ哉《かな》

虫の音《ね》に噺《はなし》まぎらす別れかな

の句を詠み、十湖は、福山滝助から教えを受けた報徳精神と、俳諧の師であり教導職でもある橘田春湖からの〃敬天愛国〃の教えを胸に、住みなれた家をあとにしました。

一方、十湖を迎える引佐・麁玉両郡の村人たちは、「こんど来る郡長さんはどんな人だね」「まだ、三十歳そこそこだげな」「そんな若造で大丈夫だか」と、あちこちで噂しあっていました。昔の村は、どこも閉鎖的で、よそから来た人を警戒します。緊張と好奇心いっぱいで迎える村人の前にあらわれた十湖は、まず郡役場で働く人たちを集めると、次のような約束をさせました。

一・郡役場で働く者はみなの手本にならなくてはならない。
　粗暴な行動や、いばったふるまいをしないように。

二・郡内巡回のとちゅうで休憩や宿泊をするときは、簡潔にすること。
　けっして、接待を無心してはならない。

三・他郡に出張、または他郡の役人との会合の際は、信義をもって丁寧に応対すること。
　たとえ私用であっても、郡の名誉を傷つけるようなことのないように。

これらは、当たり前のようで、ついおろそかになりがちのこと。しかも、今よりずっと官尊民卑《かんそんみんぴ》の時代です。

「新しい郡長さんは、年も若いに、たいしたもんだに」

「目も声もでっかくて、力がみなぎっとったで」

十湖郡長の評判は、たちまち村から村へと伝わりました。

そして、いよいよ授三郎と十湖の再会です。年は離れていても、隣村同士、天竜川と戦った同士、同じ報徳社仲間です。

「まさか、この地でまたお会いできるとは」

「いやあ、頼りになる授三郎さぁがおってくれとるとは、ほんとうにありがたい」

十湖の喜びはいかほどだったでしょう。

第五章

十湖郡長奮闘記

着任早々、十湖は俳句の会『西遠吟社《せいえんぎんしゃ》』をつくりました。月一回開かれる『西遠吟社』は、この地域に新しい風を運びました。生活習慣を改めよと頭ごなしに叱るのではなく、俳句を詠むときに言葉を選ぶ、その様子から、心の奥にひそむ思いや不満を引き出そうとしたのです。

十湖は、松島授三郎、野末九八郎たちと相談しながら、なにかしら名目をつけては人々を集めました。遠くから来た人たちには、九八郎の広い屋敷が宿代わりに提供されることもありました。こうして、肩書きも年の上下もなく皆が車座になって集まる場を通して、十湖・授三郎・九八郎・そして長與寺住職たちは、村人たちの心をつかんでいったのです。

さらに、十湖は地域に点在する村々を回り、そこで出会った人々に気軽に声をかけました。

「ここでは何をつくっとるだかね」

「害虫の被害はなからすか」

「道は、ちいっとせまくはないかぇ」

「お蚕《かいこ》はいくらで買っとるね」

役場で机に向かっているより足で歩くほうが、それぞれの村の気候や人々の暮らし向きがわかってきます。天竜川下流の平地にある中善地村とちがって、このあたりは山あり川あり海ありの変化に富んだ土地です。少し山を登れば、うっそうと茂る緑に心がいやされます。川も、暴れ天竜とちがい清らかな水が静かに流れています。川沿いに下れば浜名湖岸に出ます。湖といっても実際は汽水湖ですから、海辺の生き物や植物も見られます。秋に向かう季節、山から吹きおりる風に湖面がきらめき、見ているだけで十湖の心が弾みます。

もちろん、十湖のことですから、道を直す橋を架けるなど、目で見てすぐわかることは即座に指示を出しながらも、ひたすら歩きまわりました。じっくり時間をかけて地域の現状把握を続けます。子どもたちに就学を勧めるにはどうしたらいいか、頑張って農業に取り組んでいる者をどう見つけるか、など頭の中で考えを巡《めぐ》らせていたのです。また、これから刈り入れ・冬支度という、農家にとって一番忙しい時期でしたから、人手のいることを始めるのは控えていたのでしょう。

年が明けて明治十五年（一八八二年）、十湖はいよいよ動き出しました。二月五日、県知事大迫貞清臨席のもと、改修した気賀街道の開通式、渋川学校落成式に続いて、二月六日は〝精農者《せいのうしゃ》表彰式〟。これは十湖が企画した、各村から推薦された優秀な農業従事者を表彰するという式典です。

明治十五年の第一回表彰式は、細江神社の隣にある東林寺《とうりんじ》を会場に、県知事を筆頭に郡長各村々のおえら方、大勢の招待客の前で、米作・養蚕などに成果をあげた精農者六〇名を表彰し、賞金や名入りの農具などの記念品を贈るという盛大な式典でした。

〝百姓〟とは、本来、〝職人、商人、農林業など様々な職種にあたる人〟を意味する言葉なのですが、いつのまにか〝貧しい農民〟をさすようになり、農業に誇りを持てない人も多かったのです。それが、こんな晴れ舞台で大勢が見守る中、村の代表として表彰されるのです。土にまみれて働く尊さが認められ、どれほど嬉《うれ》しく晴れがましかったことでしょう。

この精農者表彰は、十湖在任中毎年行われ、表彰を受けた者は合計四〇二名、式や宴会などにかかった費用はすべて有志からの寄付金でまかないました。これも、十湖が奉加帳を手に村々を走り回った成果です。

また、同年六月には米・麦・茶・紙・琉球表の代表産品共進会、優秀農家の褒賞授与式など、農業振興策を次々に打ち出し、農家のやる気を引き出していきました。ちょうどその頃は、政府としても、農村近代化のため、村ごとに勉強会を結成するよう奨励していた時期にもあたります。熱をこめて農業指導・生活改善を語りかける十湖に、授三郎や九八郎たちも、きっと勇気づけられたことでしょう。

精力的にイベントを企画する一方、十湖は、西遠農学社社屋を細江神社境内に建設。さらに、気賀・奥山など各地区にも「農学社」支社を結成するなど、地域全体で農家を支え、農業指導をする組織を立ち上げていきました。

こうして農業や養蚕がさかんになると、今度は農産物を運ぶ道路の整備が必要です。道路は、人間の体でいえば動脈のようなもの。牛車や大八車、人力車などの行き来を楽にするために、道幅をひろげたり橋をかけたりしなくてはなりません。

一口に道路整備といっても、道具や材料、働く人たちに支払う賃金など、まとまった資金が必要です。公共事業ですから県に申請すれば補助金が出ますが、めんどうな書類を提出しても、実際に支払われるまで長いあいだ待たされます。しかも、予算が全額認められるとは限りません。

十湖は、のんびり待ってなどいられません。中善地村戸長のときと同じように、奉加帳を手に有力者や名主の家をたずねて寄付金集めに回りました。奉加帳の一番目には松島吉平の名が墨くろぐろと書かれています。しかも、郡長の給料三十円（のち三十五円）のうち、五円、十円、多い時は二十五円も寄付をするのですから、頼まれた人たちもいやとは言えなかったようです。

その頃の記録を見ると、連日のように、道路改修、橋の開通、開校、峠の新道開通など、現代の公共事業に関する文字が並び、まさに八面六臂《はちめんろっぴ》の活動ぶりが見て取れます。それもこれも、九八郎や、授三郎に続いてこの地に移ってきた富田久三郎《とみたきゅうざぶろう》たちの助けがあってのことでしょう。

富田久三郎は、十湖より七歳ほど年下の若い発明家、中善地村近くの市野《いちの》村《むら》出身で錺職《かざりしょく》（金属加工）の家庭に育った、いわゆる理系の青年です。

富田久三郎は第八章でも登場しますが、それは後の話として、同じ天竜川沿いからこの土地に移り住んだ三人は、それぞれ個性がちがいます。何か思いつくとすぐに走り出す十湖、穏やかな人柄で皆をまとめる授三郎、二人とはまたちがう視点からアイディアや工夫を提案する久三郎。例えるならば、しっかり者の長男、突っ走り型の次男、マイペースの三男のような組み合わせで、村の振興についてさまざま意見・情報を交換します。

授三郎の妻・浩《ひろ》も、慣れない土地にやって来た佐乃に、地元のことなど、さまざま教えてくれます。授三郎が薬の知識に詳しいということも、佐乃には心強いことでした。

授三郎夫妻には、藤太郎《とうたろう》・藤次郎《とうじろう》・五郎・むつの四人の子どもがいます。

遊ぶ子供たち

上の二人は、大きなお兄さんですし、五郎もむつも、藤吉より年上です。今まで末っ子だったむつには、弟ができたような気分でしょうか、藤吉にやさしく声をかけてくれます。

「お名前、藤吉ちゃんっていうのね。うちの兄様たちも籐の字がつくのよ」

知らない人に囲まれてもじもじしている藤吉に
「ほら、藤ちゃん、ごあいさつは」

佐乃が呼びかけると、

「はーい、ぼく、大きな籐ちゃん

です」

むつの横で、藤次郎が元気に手をあげます。

「あれあれ、ほんとに、藤ちゃんだらけだねぇ」

顔をあわせて笑う佐乃と浩に、藤吉もつられて笑います。藤吉は、すぐに五郎、むつになついて遊んでもらうようになりました。

郡長としてやってきた十湖家族を遠巻きに見ていた村人たちも、少しずつ心を開いていきました。

「おくさん、ちぃっとだけど食べておくれるかね」

「こんなん、口にあうかねぇ」

近所のおかみさんが野菜や漬物を届けてくれます。佐乃も、手もとにあるものをお裾分《すそわ》けします。佐乃は、いつのまにか、この土地になじんでいました。十湖はあいかわらずせかせかと走り回っているし、人の出入りはますますふえました。でも、海にも山にも近いので食べ物もおいしく、親子三人水入らずの暮らし、それに、どうやらおめでたのようです。佐乃には忙しいながらも幸せな日々でした。

話を戻しましょう。十湖が関わっていたのは、もちろん、公共事業だけではありません。基本は農業振興です。

そのころの日本は、生糸や絹製品が輸出額の半分以上を占める重要産品でした。このあたりの村々でも、ほとんどの農家がミカン畑を蚕の餌《えさ》となる桑畑に植え替えるなどして養蚕《ようさん》に取り組んでいます。十湖は久三郎と協力して、畳表用に栽培・出荷していたイグサの切り屑を利用して蚕棚《かいこだな》を作りました。イグサで編んだ蚕棚は湿気がこもらず手入れが簡単と評判で、村の人たちにも作り方を教え、売り物にもなったようです。

一方で、主食の米作りは、霜《しも》や長雨などの天候不順、さらには害虫との戦いでした。十湖も授三郎・九八郎や久三郎たちと相談しながら、耕地整理や肥料使用など農業指導をしていましたが、当時はまだ農薬が開発されていなかったため、害虫対策としては水田に油を浮かせて幼虫の孵化《ふか》を防いだり、稲についた虫を叩き落としたりするくらいしか方法がありませんでした。

ずっと後のことですが、明治三十年（一八九七年）のある日、『薔薇《ばら》ノ一《ひと》株《かぶ》昆虫《こんちゅう》世界《せかい》』という雑誌で岐阜《ぎふ》の名和《なわ》昆虫研究所の記事を読んだ十湖は、すぐに、詳しい話を聞くようにと農学社員を派遣しました。翌年六月、田植え前の苗代田に、名和昆虫研究所の教え通り、郡全体で一斉に、稲の害虫・ウンカの駆除を実施。米俵四十袋近くのウンカを捕獲し、一部を標本として研究所に送りました。設立間もなく、ほとんど無名だった研究所所長・名和《なわ》靖《やすし》は「今までなかなか理解されなかった駆除法の実効性が証明された」と感激して十湖宅を訪問。大いに語り合いました。その際、名和靖は

来てみれば聞くより高し富士の山

の句を十湖に贈っています。
さらに、「ウンカ駆除実施に成功」の新聞記事を通して、名和昆虫研究所

が広く知られるようになり、害虫の駆除方法も普及しました。名和昆虫研究所は一般向けの博物館展示のかたわら、現在も研究活動を続けています。

俳人として知られ、当時は道路郡長とも称されていた十湖ですが、意識は常に農業にあったこと、そしてアンテナの高さと失敗を恐れないチャレンジ精神がうかがえます。


十湖は、教育にも人一倍熱心でした。

明治五年の学制発布により明治六年には寺子屋が廃止され、「どの村にもどの家にも無学の子が一人もないように」と地域ごとに小学校がつくられました。今の義務教育制度のはじまりです。男の子も女の子も、百姓の子も商人の子も、みな学校に通うことができるのです。とはいっても、まだまだ世の中全体が貧しいころですから、子どもも大切な労働力です。幼いころから一家を支えるために働かなくてはならない子も大勢いました。まして、校舎の建築費にあてられる補助金はほんのわずか、残りは地元負担、月謝も各家庭の負担ですから、引佐麁玉郡では、学校建設も子どもの就学も思ったようにすすんでいません。

　少年時代、撰要寺に住み込んで学問をしていた十湖は、雑用や使い走りをして月謝の代わりにあてさせてもらっていました。自由になる小遣いもなかったため、本を借りて書き写したり、ときには人が読んでいる本を横からのぞいたりと人一倍努力をして勉強していました。そんな苦労をして励んだ学問を、父親の看病のためとはいえ一年であきらめなくてはならなかったことは、苦い思い出です。

「こんな古ぼけた空き家や寺のかたすみを学校にしとっては、子どもたちがかわいそうだ。学問に集中できるよう、しっかりした校舎をつくってやらねば」

と、またまた奉加帳を手に家々を回ります。

「学校なんぞ行ったって、ろくなことはない」

「百姓に学問はいらん」

と、子どもを学校に通わせていない家に足を運んでは、

「これからは、新しい世の中になる。新しい学問を身につけるんじゃ。農業だって、工夫と知識が必要じゃろうが。作物を売ろうにも、字が読めん、そろばんができきんでは仲買いのええようにされちまうずら」

と説得します。子どもには、

「ええか、朝起きたら井戸で顔を洗い、口をすすぐだぞ。髪の毛もちゃーんと、といてな。学用品は忘れずに、ふろしきで包んでな」

生活習慣から学校での心得まで、じゅんじゅんと説くのです。

十湖は、情熱家で感激屋です。感情をおさえることができません。嬉《うれ》しいときは顔をくしゃくしゃにして喜び、人が苦しんでいるのを見ると我を忘れて泣き、理不尽《りふじん》なことには顔を真っ赤にして怒ります。道路の竣工式《しゅんこうしき》から学校の開校式、そのほか、功績のあった人の顕彰碑《けんしょうひ》から慰霊碑《いれいひ》まで十湖が呼びかけて建てた祝いの席では、真っ先に祝辞をのべます。ふだんから俳句や漢詩を吟じているので、十湖の声は朗々と響きます。きっと、えへん、えへん、

と得意満面で演説をぶったことでしょう。
また、十湖は、そのころ一般に普及しはじめた活版印刷を活用し、富田久三郎が書いた『養蚕網《ようさんもう》の製作、使用法』『複式簿記大意《ふくしきぼきたいい》』などを、自費で出版し人々に配っています。口伝えで教えるより、図や説明を読んで、正確に理解してほしかったのでしょう。『精農表彰者名簿《せいのうひょうしょうしゃめいぼ》』や『三遠農学社名簿』など多数の印刷物が現存しています。

学校も建ててそのままというわけにはいきません。国から運営費や補助金が給付される現代と違って、学校運営費、教材から先生の給料まで、すべて地元が負担しなくてはなりませんでした。生徒の月謝では、とうてい足りません。地域によっては、せっかく作った学校も運営できなくて閉じてしまうところさえあったほどです。のちのちまで安心して学校経営ができるよう、運営基金を郵便局に預けるため、十湖は奉加帳を手に村々をまわります。

同時期、経営難で閉じていた引佐病院を再開するための基金つくりもしています。有力者の中には、奉加帳を手にした十湖に、

「はぁ、また金の無心か」

と、うんざりする人もいたかもしれません。しかし、十湖の「富んだ者が弱い者や困っている者を助けるのはあたりまえ」という考えは、洪水のとき自分の倉の米麦をすべて人々に分けあたえたころから、まったく変わりません。だれになんと言われようとビクともしません。

十湖が引佐・麁玉郡長を務めた五年のあいだに新・増築した学校は十校、十三棟にのぼります。新設・整備した道路は六十四ヶ所、総延長は約一六〇㎞、橋の新改築三十五ヶ所。「道路郡長」と呼ばれるほどの建設ラッシュ、郡のあちこちをかけ巡っての仕事ぶりがうかがえます。かかった費用は地元の寄付金で、お金のない人は労力でと、それぞれできる範囲でまかなったといいます。

お盆で中善地の実家に帰省している最中にも、またまた天竜川の堤防が決壊しそうになり、急いで陣頭指揮をとる一方、第二章で紹介した天竜川渡船場に代わる架橋にむけ奔走。明治十六年の豊田橋完成、渡り初めには満面の笑みで参加するなど、十湖は休む暇もなく働き続け、駆け回っていました。が、明治十九年春、上の子どもたちを預けて家を守ってもらっていた母りゅうが病に倒れました。

ふりかえれば、郡長として着任してから五年の月日が経っているのです。その間に、三男保平、次女あいが生まれています。盆や正月には中善地の実家に帰っていたとはいえ、長いあいだ母には苦労をかけてしまいました。りゅうと一緒に田畑を耕し、家を守ってきた長女るめは十六歳、長男源一はまだ十二歳です。祖母の突然の病に、どれほど心細い思いをしていることでしょう。家事や畑仕事はともかく、病人の看病まで子どもたちに任せるわけにはいきません。

「中善地にもどり、親孝行しよう。ここでわしがやろうとしたことも、ほぼ、めどがついた。あとは授三郎さぁに任せよう。あの人がおってくれれば安心だで」

明治十九年初夏、十湖は、ひそかに思い定めると、郡内各村の戸長役場を

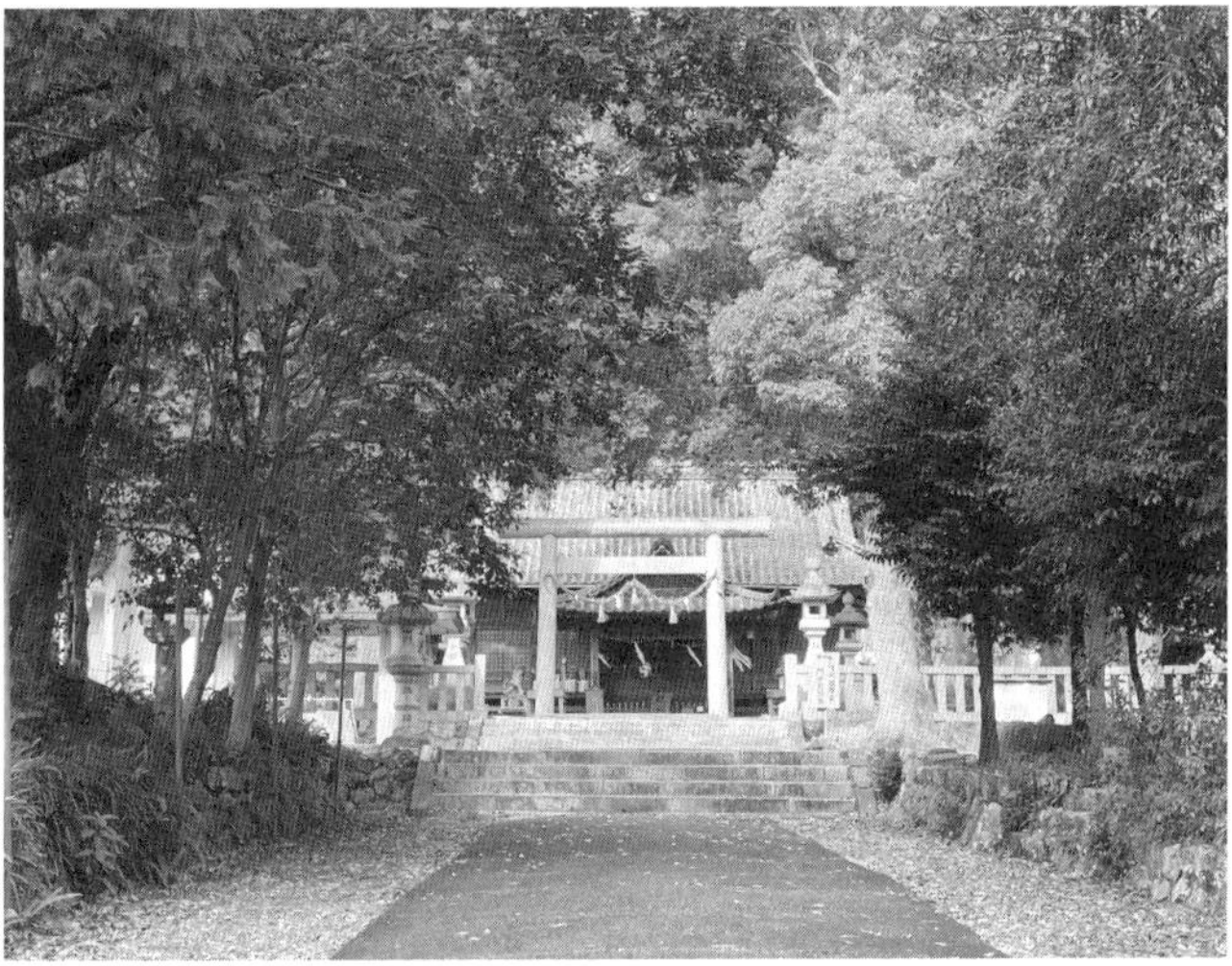

細江神社

新築、さらに、空き家になっている家を一軒購入し、みんなに呼びかけて、その家を細江神社の境内に移設・増築しました。大勢が寝泊まりできるよう布団や台所用具も用意します。八月なかば、建坪六十三坪、西遠農学社のりっぱな建物が完成しました。

十湖は、「ここを、西遠農学社の本部にする。いや、授三郎さぁがええ言葉を教えてくれたに、三遠農学社《さんえんのうがくしゃ》と名前をかえよう」と大きな声で宣言しました。

明治八年、授三郎と野末九八郎が

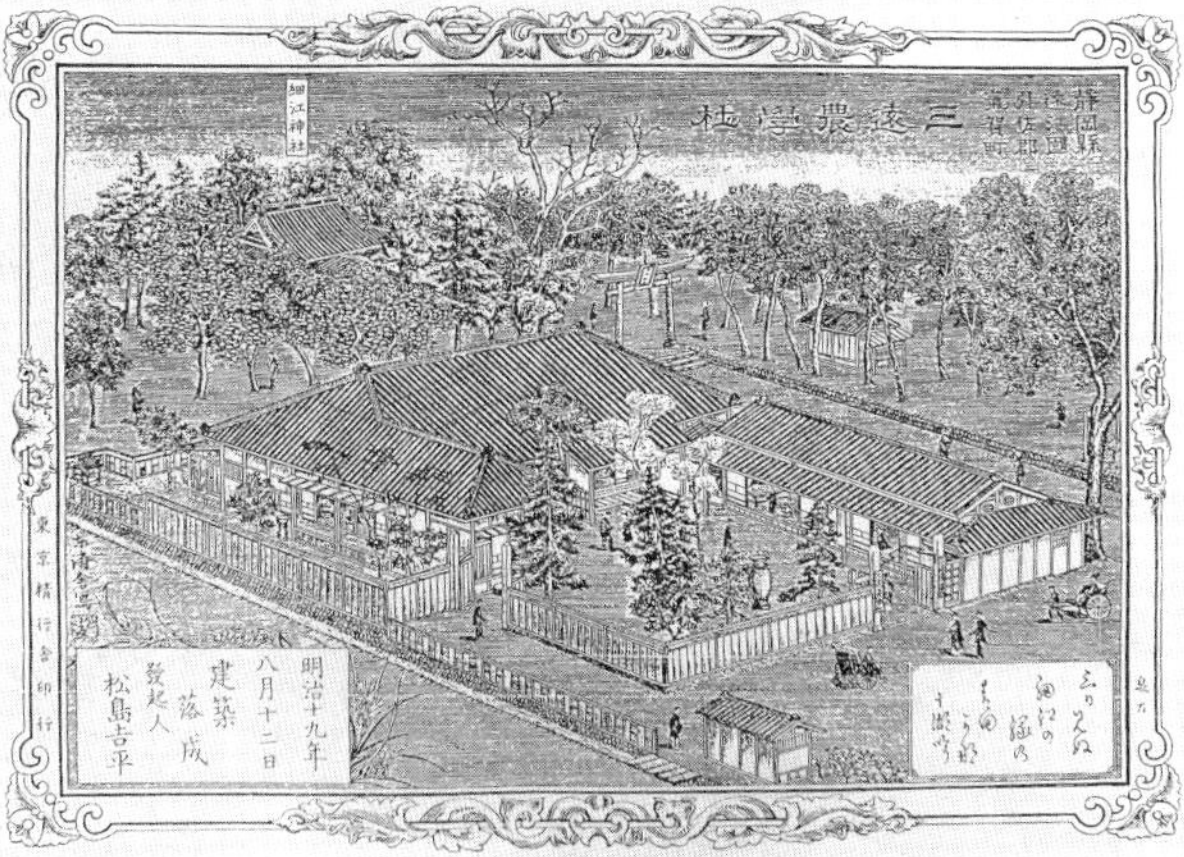

三遠農学社
明治十九年八月十二日　建築落成
発起人松島十湖　　松島源吉所蔵

伊平で始めた小さな集まり「一誠社」が「農学誠報社」から、さらに組織を拡大して「三遠農学社」と改称し、こんなに立派な社屋に納まるのです。社員は、三千余人を越えています。最初の塾から十年がかりの新たな出発点に立ったような感動で、野末九八郎長男は、顔を紅潮させています。しかし、授三郎は、十湖のひそかな決意を感じ取っていたかもしれません。表情を変えず、小さくうなずきました。

ちなみに、この三遠は三河・

句碑写真
（三日見ぬ細江のへりの青田かな）

遠江の三遠ではなく、授三郎による〃思想は高遠に、知識は深遠に、行為は宏遠に〃の三遠主義が由来です。

　絵図に書かれている句を刻んだ句碑は、前の年に細江神社境内に建立されています。

「落成祝いに、みんなを集めて、ぱあっとやろまい」

　女の子たちの踊りや民謡、神楽から生け花展、夜は宴会と、四日間にわたって盛大な完成祝いの会が催されました。ふだんから賑やか好きな十湖のことですから、誰も不思議に思わず、食べたり飲んだり、歌ったり踊ったりと楽しく過ごしました。

その宴会が終わった翌日、十湖は正式に郡長辞任届を提出しました。辞任の知らせにおどろいて集まってきた村人たちに、十湖は官舎として住んでいた家の掃除を頼みました。天井のすすをはらい、廊下や窓、便所のすみまで雑巾《ぞうきん》がけで掃除をし、障子《しょうじ》をはりかえます。

次に住む人のため薪《たきぎ》もきれいに積み上げたあと、十湖は、掛け軸から茶碗まで家財道具のすべてを手伝ってくれた人たちに分けあたえました。ある程度の片づけが終わると、佐乃と三歳になった保平、まだ伝い歩きがやっとの次女あいの二人の子どもたちを中善地に帰すため、大八車や車夫を手配します。

佐乃は、村の人々とお礼やお別れの挨拶を交わしながら、ついつい胸がつまります。五年前、ここへ来た時は知らない人ばかりだったのに、いまは、どちらを向いてもなじんだ顔。色々なことが思い出されます。

しかも、十湖は引佐麁玉郡在任中、気賀周辺を領地にしていた旧旗本・近藤家へ八歳の次男藤吉を養子に出し、また、この村で生まれたあいは、数えの三歳になったら三ケ日の小池家へ養子に出す約束をしたのです。

これまでは、藤吉の様子を遠くからそっと見ることができましたが、いよいよ今日が別れです。その上、胸に抱いているあいも、いずれ手離さなければならないと思うと、つい涙がこぼれます。授三郎の妻・浩も目頭を押さえながら、佐乃の背中を、そっとさすってくれます。

授三郎と子どもたち、別れの淋しさに口をへの字にした富田久三郎、そして村の人々もみんなで大八車に乗った佐乃と保平、あいの姿が見えなくなるまで手をふって見送るのでした。

十湖が引佐・麁玉郡長辞任を発表し、わずかな荷物と妻や子どもたちを送り出したあとも、さらに別れを惜しむ人たちが入れ替わり立ち替わり、送別会を催します。

記念品や心をこめたはなむけの品が届けられる中、いよいよ出発の日がきました。役場や西遠吟社、三遠農学社、報徳遠譲社《ほうとくえんじょうしゃ》で十湖と親しくなった人、世話になった人たちがぞくぞくと集まってきます。

たくさんの書物は、すでに前の年、西遠農書館を建設したときに寄付をしています。五年間で受け取った給料のほとんどを地域のために投げ出し、残ったのは借金の山。それにかわって得たものは、多くの友人や同好の仲間たちでした。

明治十九年（一八八六年）八月末、十湖は、贈られた品すべてを見送りにきてくれた人々に配ると、さまざまな想いを胸に

かり跡《あと》を立ち去りおしむ案山子《かかし》哉《かな》

の句を残して、五年間住みなれた引佐麁玉の地をあとにしました。

遠くの村からも、大人から子どもたちまで数千人の人々がやってきて十湖を見送ります。

「名残はつきんで、もう、ええに」

いくら言っても、

「いやいや、せめて郡境《ぐんさかい》まで」

と、だれ一人帰る者はおりません。

その列は、先頭が郡境についても最後尾はまだ気賀の町中、一里弱（約三㎞）の道沿いには人出をみこして臨時の売店まで出るという、まるで人気アイドルのイベント並みです。

「こりゃあ、きりがないで」

郡境の曲がり松まで来た十湖は、そばにいる人に声をかけ、大人たちには酒を、子どもたちには売店のスイカや菓子を配って、いよいよお別れとしました。

送迎《そうげい》の一万人《いちまんにん》ぞ月の友

十湖の惜別と感謝の句に、気賀村戸長・本田佐平（勤堂）が

樹々《きぎ》草々《くさぐさ》に置き余る露

と下の句をつけて名郡長を見送りました。

数か月後、別れの曲がり松の根元に京都《きょうと》南禅寺《なんぜんじ》管長《かんちょう》・石窓軒《せきそうけん》の書による

句碑
（姫街道　まるたま製茶と道をはさんだ一画）

松奏離歌《しょうそうりか》

別るるはまた逢《あ》うはしよ月の友

が刻まれた句碑が関係者によって建てられました。碑の背面には、十湖の功績と碑建立の経緯を記した銅板が貼ら

野末九八郎・松島授三郎写真　個人蔵
（前列左・父の後を継いだ野末九八郎。前列中央・松島授三郎。
後ろの屏風に十湖の句が書かれている）

れています。

なお、松島授三郎と十湖がこの土地で巡り合うきっかけをつくり、二人を支え続けた野末九八郎は、十湖帰郷の数日後、永眠。中善地村からトンボ返りで駆け付けた十湖は、長與寺で営まれた地域挙げての盛大な葬儀に参列し、心をこめた弔辞を読み上げました。九八郎の名と仕事は、長男が継ぎ、元気いっぱい地域のために働きました。

また、故・野末九八郎の後を受けて三遠農学社社長となった松島授三郎は、その後も地域の振興・報徳活動に尽力し、明治三十一年（一八九八年）一月、永眠。享年六十三歳。

辞世　音もなく香《か》もなく月は朧《おぼろ》かな

至誠軒練精《しせいけんれんせい》（松島授三郎）

葬儀は長與寺にて、十湖が葬儀委員長、永平寺管長が導師を勤め、盛大に営まれました。

松島授三郎の頌徳碑（碑文は伊藤博文書）は、明治三十四年（一九〇一年）、長興寺、細江神社、源長院の三ヶ所に建立されています[注]。

三遠農学社は、その後、尾張、三河、伊勢、伊豆、長野など近隣の町村に連携する社が広がっていきましたが、時代が下るにつれ、公的金融制度や農

注　その後、松島授三郎遺族は知人の紹介で三島に移住、三島大社門前で練精堂薬局を営みました。（現在は廃業）

業施策の整備・充実によって、その役割を終えていきました。

第六章

十湖　俳句三昧《はいくざんまい》の日々

懐かしい我が家に戻ってきたとき、十湖は三十八歳。長女るめは十七歳、長男源一は十三歳になっていました。早くに夫を亡くし、苦労をしながら自分たちを育ててくれた母親が、病で寝たきりになっているのです。しばらくは役職への誘いを断り、母の看病をしながら自分も休養をとる日々でした。

県では、十湖の引佐麁玉郡長としての功績を認め、その後三年間、自宅で暮らしながら必要に応じて引佐麁玉郡に指示、指導する「非職《ひしょく》郡長」として、在任中と同じだけの給料を支給しました。これは、たいへん異例なことです。

〝道路水路の整備や拡張、住民の福祉向上など、それぞれ計画を立て、予算を計上し……〟といった、現代なら当たり前の行政の手順やルールが確立していない時代、目の前にある人や金や物を最大限に動かしていく十湖の行政マンとしての働きが評価されたからです。

とはいえ、十湖のことですから、給料や肩書など関係なく、その後も松島授三郎はじめ各村の人々と連絡をとりあい、なにかあればすぐに駆け付けて助言などしていたことでしょう。

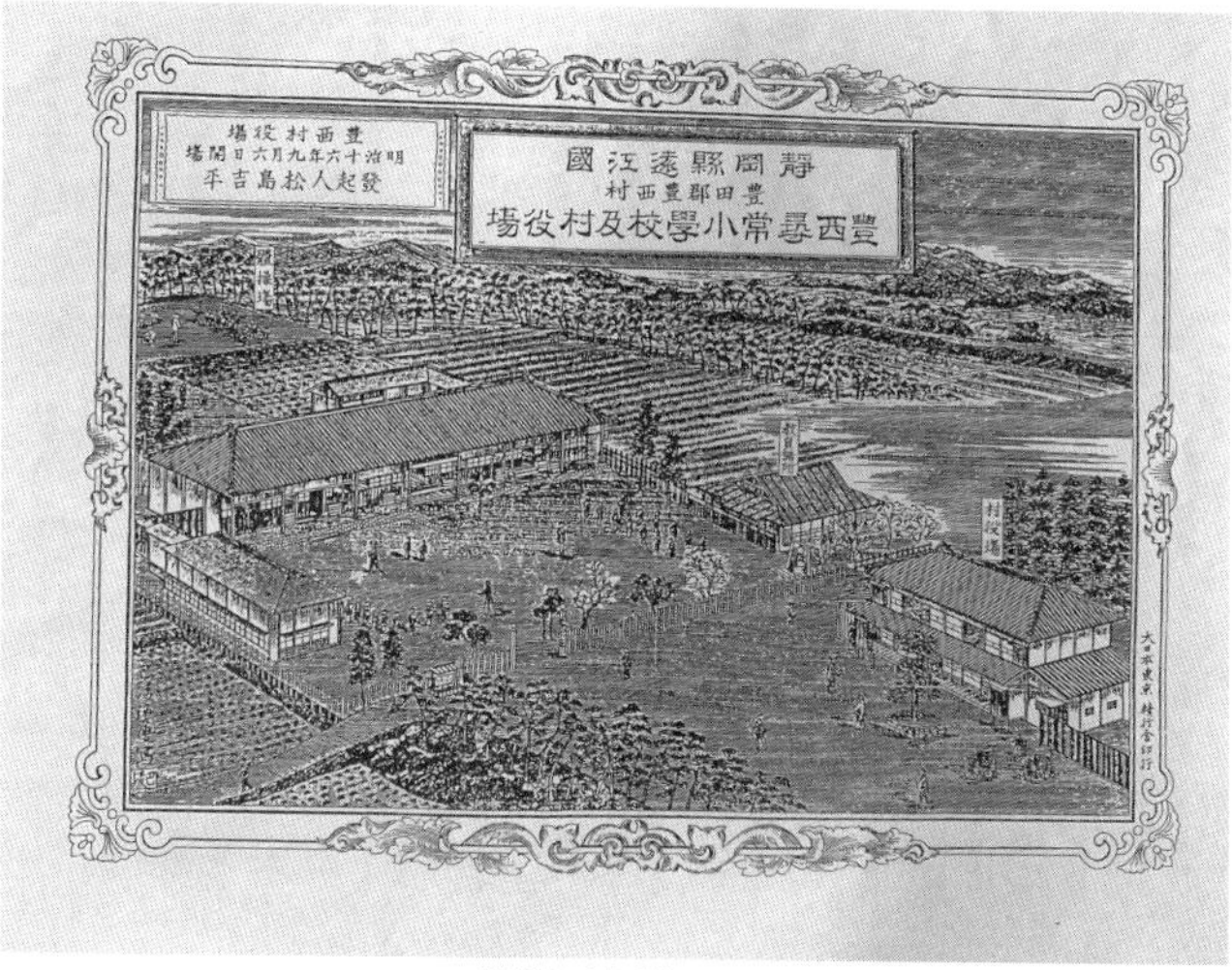

明治十六年九月　豊西小学校《とよにししょうがっこう》・村役場完成記念絵図
松島源吉所蔵

引佐麁玉から戻って二年後の明治二十一年、末っ子のいとが生まれました。三男三女の子どもに恵まれた十湖は、ふたたび県会議員になったり報徳や農業振興のために駆け回ったりと、損得を捨てて他につくす日々が続きます。

　ところで、十湖が引佐麁玉郡長として働いていた明治十四年から十九年ごろの世の中を見ると、各地で三権分立、民撰議会の開催などを求める自由民権運動が盛んになってきた時期です。

勲章をつけた十湖の正装姿
撮影時期不明　源長院所蔵

明治維新後の日本は、西洋の文化文明を取り入れ世の中が便利になる一方で、「富国《ふこく》強兵《きょうへい》・殖産興業《しょくさんこうぎょう》」で急いで国の力を強めようとしたため、人々の貧富の差は広がる一方でした。社会問題を訴える運動家と、おさえようとする政府側との対立は激しさをまし、政府を批判する集会をとりしまる条例が次々に発布され、演説を聞いただけで逮捕《たいほ》されたり、罰金を科せられたりするようになりました。十湖も、自由民権運動に共感して何度か演説会を聞きに行き、逮捕されたこともあります。

明治二十二年、帝国憲法が発布され、ようやく帝国議会が開かれることとなりましたが、その内容は主権在民の理想とは大きく異なり、人々の不満はくすぶり続けました。

作句の時期ははっきりしませんが

初蝶《はっちょう》や我《われ》に壮士《そうし》の夢《ゆめ》もなし

という句があります。

壮士とはもともと意気さかんな男という意味ですが、ここでの壮士は、自由民権を訴える運動家のこと。風流な境地を表現する俳句には似合わない言葉です。自由民権の夢が破れたことを残念に思ってか、理想を追うあまり過激になってしまった運動家たちに、もっと社会の現実を見ろと思ってなのか、おそらく複雑な胸中で詠んだものでしょう。

本来の十湖は、地に足をつけ田畑を耕し、作物の出来不出来に一喜一憂する農民。神仏を敬い、親に孝行し、家庭を守り、お国のために役立つことを誇りに思う、ごく一般的な日本人です。他と違うとすれば、人一倍の熱情。自分の損得を忘れて人のために奉仕する心。権威になびかない自由な精神と、こうと思ったらテコでも動かない意地っ張り。そのくせ、過ぎてしまえばケロリとした顔。

そんな十湖は、中善地村に戻ってからも、あいかわらず学校建設だ寺の増築だと走り回っていましたが、時がたつにつれ、外での活動より自由な俳句の世界に気持ちが傾いていきました。

時代がさかのぼりますが、明治五年暮れ、とつぜん太陽暦を取り入れることが決まりました。月の満ち欠けをもとにしていた旧暦と太陽の運行をもとにした新暦では、年によって一月前後のずれが生じます。政府は、明治五年を十二月二日で終え、翌日を新暦の明治六年一月一日にすることで暦の調整を図りました。

十湖は当時二十四歳、中善地村で「三才報徳社」を立ち上げたり百姓代として堤防補修に駆け回ったりなどの活動をはじめた頃です。新しい暦を知った十湖は、さっそく、正月三日（旧暦十二月五日）に村中の人を招いて屠蘇《とそ》をふるまい新年を祝いました。それ以来、十湖の家では毎年正月三日に、引佐麁玉郡にいるあいだも、二汁五菜のお膳を用意し年賀客をもてなしていました。村の人たちも、それぞれ野菜や卵などを持ち寄ります。長年なじんだ旧暦からの切り替えに混乱する人が多い時代、村人はいちはやく新暦になじむことができましたし、皆、互いに親しみあって睦《むつ》まじい間柄だったそうです。

おそらく、十湖が引佐麁玉郡長を退いて五年ぶりに家にもどった時も、また、近隣の村人たちが、ちょっと顔を見に、やれ俳句だ、いや農業研修会だとおしかけてきたことでしょう。

そんなこんなで、十湖の家には来客がたえません。中には用もないのにゴロゴロ居続ける居候《いそうろう》もいましたが、十湖の妻・佐乃は、どんな客にもいやな顔ひとつしないでもてなしました。

佐乃は、ありあわせの材料で手早く料理を作るのが上手です。おかずが間

に合わなくてお膳の上がさびしいときは、
「はい、箸《はし》休めの一品」
と、きれいな小石をならべた皿を出して間をもたせるなど、ユーモアのセンスもあったそうです。

引佐麁玉郡から中善地村に戻って六年、明治二十五年春、十湖は、長女るめを天竜村の永井藤吉に嫁がせました。るめの花嫁姿を見届けた数か月後、母りゅうが息を引き取りました。喪があけた明治二十七年、十湖は、吉平の名と家長の座を長男・源一にゆずり、それまでの俳号「十湖」を本名とする改名届を役場に提出しました。

隠居となった十湖は、ますます俳諧の世界に羽ばたきはじめます。その代わり、俳人十湖や弟子たちの世話は、さらに佐乃の肩にかかってきました。なにしろ、入った給料はほとんど右から左へ流れていくのです。その上、十湖は、学校のため村のためにと田畑を売ってまで寄付をする。慰霊碑《いれいひ》や顕彰碑を先頭に立って、もちろん自分が真っ先に基金を出して建立する。近くの学校に樹木が少ないと知れば、自宅の植木を全部抜いて運ばせる。奥山方広寺が火事にあったと聞けば、家じゅうの畳を引っぺがして送り届ける。なにかのお礼にと高価な物をもらっても、これまた、すぐ人にやってしまう。ときには、せっかく佐乃が糸から紡《つむ》いで作った着物も貧しい人にあたえて、自分はふんどし一枚で帰ってくる始末…。では、どうやって生計を立てていたのでしょう。

十湖には全国に俳句の弟子が大勢います。近い人は句会に参加できますが、遠方の人は何句か書いた手紙に指導料をそえて郵送してきます。その句に朱筆を入れて添削《てんさく》し、また送り返す、という方法で指導していました。

その指導料も、普通は一句にいくら、和歌なら一首にいくら、と決めるものですが、なにしろ金に無頓着《むとんちゃく》な十湖ですから謝礼の中身も見ずに添削指導して返信。届いた封筒はそのまま机にほったらかしです。佐乃は掃除のついでに、封筒からそっとお札を抜きだして暮らしにあてていた、というわけで

俳句仲間と酒を飲みながらの句会

す。
　庵での俳句指導については想像するしかないのですが、夕暮れ時、それぞれ仕事や農作業を終えた人々、老人も若者もまじえて三々五々集まり、十湖を中心に苦吟、批評、談論風発、そして最後は賑やかな酒盛りになった情景が目にうかびます。
　また、十湖は、しばしば自宅に仲間を招いて連歌《れんが》の座を催していました。俳句とは、五七五の発句《ほっく》（最初の句）に次の人が七七と受け、また五七五、七七とつないでいく俳諧の連歌のうち、最初の五七五だけを詠むようになったものです。連歌は、気のあった仲間と詠みあうと思いもかけない広がりが出て楽しいものですが、ある程度の人数と時間的余裕がないとできないので、連歌を詠みあう機会は少ないのです。

明治二十九年（一八九六年）初夏、長崎の俳人・米芳亭一々《べいほうていいっいっ》が十湖の庵を訪れた際、十湖の次男・夕月（藤吉）と三人で詠みあった俳諧の連歌の一部を紹介しましょう。十湖の発句に一々、次に夕月とつないでいます。

新茶《しんちゃ》とは一日《ひとひ》二日《ふたひ》の名《な》なるべし

かをりうめたる軒《のき》の橘《たちばな》

刷毛《はけ》洗《あら》ふ手元《てもと》に魚《うお》の集まりて

響《ひびき》も軽きやき杉の下駄《げた》

中空《ちゅうくう》に休《やす》らふさまの月なれや
　ゆたかに寂もしらぬこの秋

勇ましきものてやさしき角力取《すもうとり》
　ほのめく心押へかねたり

このあともえんえんと続き、最後は夕月の

短夜《みぢかよ》は角田《かどた》に明《あけ》て月白し

が結句《けっく》です。

遠来の客を迎えた一夜、まわりを弟子たちが取り囲む中、蚊遣《かや》りを焚《た》き団扇《うちわ》をあおぎ、酒をくみ交わしながら句を詠み、巻き紙に書き付けていく連歌の席が目に浮かびます。

ただ、このような入門誓約書が残されていますから、作句そのものに対する十湖の厳しい姿勢がうかがえます。

入門誓約書

一、祖翁《そおう》の言行《げんこう》を旨《むね》とし、物理を明にし、俗談を正し、和を専務とすべき事

一、己《おの》れを慎《つつし》み、本情をみがき、上に忠、親に孝、師《し》に恩《おん》、朋友及《ほうゆうおよ》び人に交わるに信義を失わざること

一、他の短をあげて己が長を顕《あら》はし、人を誹《そ》しり、己れにほこる可《べ》からざること

一、俳事《はいじ》にのみふけり、自家の業を怠《おこた》り、衣類文房すべてに花美《かび》をつくし、人のそしりにかからぬ様慎《つつし》むべきこと

一、師の教に反《そむか》ず、同門諸氏へは眞《しん》に兄弟《けいてい》の情を尽すべきこと

今般《こんぱん》貴門《きもん》に入り正風俳諧《はいかい》の道教を受くるに於《おい》ては、誓《ちか》って標記の五ケ条遵守《じゅんしゅ》可致《いたすべき》は勿論《もちろん》、仮そめの言行をも屹度《きっと》相慎《あいつつし》み可申候《べくもうしそうろう》、依《よ》って入門誓約書如件《くだんのごとし》

年　月　日

国《くに》　郡《こおり》

姓　名

別号又は庵号《あんごう》雅号《がごう》　年齢

大蕪庵十湖宗匠

閣下

紹介人

俳句に三遠農学社に堤防補修にと忙しく活動している中、明治二十六年春、十湖に報徳への道を示してくれた福山滝助が奥三河の下吉田村《しもよしだむら》（新城市下吉田）で病に倒れ、

四時《よじ》五時《ごじ》と数《かぞ》へて過《す》ぎし年月も一時に還《かえ》る今日の嬉しさ

倹翁《けんおう》（福山滝助《ふくやまたきすけ》）

の辞世の歌を遺して死去したという知らせが届きました。各地からかけつけた報徳社員たちにより、福山の遺体は青龍山満光寺《せいりゅうざんまんこうじ》で荼毘《だび》に付され、奥山方広寺で盛大な報徳葬が執り行われました。その後、明治三十二年、地域の報徳社員たちの協力で、青龍山満光寺境内に福山滝助頌徳碑《しょうとくひ》が建立されました。

一方、福山滝助の師であり、十湖の人生の道標《みちしるべ》となった報徳社を創始した二宮尊徳は、安政三年（一八五六年）、「自分の死後は墓も碑もいらぬ」との遺言を残して逝《い》きました。十湖自身は生前の二宮尊徳に直接教えを受けては

いませんが、全国の社員たちが「なにかしら師をしのぶものを」という思いを抱いているのを知り、持ち前の機動力で報徳社の仲間たちと一緒に署名や寄付を募り、各方面に嘆願書《たんがんしょ》提出、などの活動をすすめました。報徳社員の長年の願いが叶《かな》い神社建立の認可がおりたのは、明治二十六年（尊徳の没後三十七年）の秋、福山滝助死去の半年後でした。

　翌明治二十七年（一八九四年）、尊徳生誕《せいたん》の地・神奈川県小田原市、小田原城の一画に、明治三十年（一八九七年）には、尊徳終焉《しゅうえん》の地・栃木《とちぎ》県日光《にっこう》市今市《しいまいち》に報徳二宮神社が創建されました。

　落慶《らっけい》式終了後、宮司・関根友三郎《せきねゆうざぶろう》宅に宿泊した十湖は、二宮尊徳翁について語り合ったあと、

明安《あけやす》し我《われ》もひと夜《よ》の御墓守《おはかもり》

の句を大書して奉納《ほうのう》。この句碑は、本殿裏、尊徳墓所前に建立されました。

神社建立という大事業は、もちろん、十湖一人の力でできたことではありませんが、おそらく、長年の御恩に少しでも報いることができた、としみじみ感慨《かんがい》にふけったことでしょう。

十湖のような、いっときもじっとしていない、自分のことより人のため、家庭をかえりみず東奔西走《とうほんせいそう》の日々を送る人と結婚したら、どんなに大変だろうと思うのですが、佐乃は十湖の気まぐれや勝手な行動にも、「まぁ、あの人はああいう人ですから」と、笑って流していたそうです。おそらく、いばりちらしている十湖の方が、佐乃を頼りにしていたのでしょう。

そのころは、どこの家でも子どもが家の手伝いをするのは当たり前、そのうえ、十湖自身、撰要寺での修行が体にしみついています。十湖の子どもたちはみな、小さい頃から井戸の水汲みに始まり、薪割《まきわ》り、庭掃除、廊下の雑巾がけ、蚕の世話から農作業まで厳しく言いつけられて働きました。あの迫力で怒鳴られるのですから、とても怠けてはいられなかったそうです。

のちに孫が生まれたときも、産婦《さんぷ》、つまり娘や嫁に祝いやねぎらいより、まず「自分の子だけを見るではないぞ」と戒めの言葉をかけたそうですから、ふだんの言動が一見、野放図《のほうず》に見えても〝自分を律すること、利己ではなく利他〟の精神を貫いていたことがわかります。

前に述べたように、十湖は引佐麁玉郡在任中、気賀周辺を領地にしていた旧旗本・近藤家へ八歳の次男藤吉を、三ケ日の旧家・小池家へは次女あいを数えで三歳になるのを待って養子に出しました。そのころは先祖の墓を守る、家名を子孫に残すための「家」という意識が強かったためです。しかし、養子に出したからといって、けっして縁が切れたわけではなく、苗字が変わっても、家族としての交流は変わりなく続きました。長男源一は跡継《あとつ》ぎですから役人に、次男藤吉は軍人に、三男保平は商人にと、それぞれ進むべき道を方向づけています。また、次女あいは女学校教員、三女いとは助産師になるなど、職業についたことは当時としては珍しいことでした。十湖が進歩的で女性の社会進出にも理解が深かったことがうかがえます。

幼い二人の子を養子に出した一方、十湖は養女を迎えています。そのわけは、こうです。

十湖の弟子で新聞・雑誌記者の鷹野弥三郎《たかのやさぶろう》は、文学の才に秀でた女性・岸つぎと結婚したいと望んでいたのですが、つぎの父親が断固として許しません。当時は親の許しがなくては結婚が認められなかったため、困った鷹野は十湖に相談しました。

そこで、十湖が両家の間に入り、岸つぎを養女に迎え〝松島つぎ〟とすることで、明治四十四年(一九一一年)ようやく二人は結婚にこぎつけたのです。女学生のころから文芸誌に作品を投稿していた鷹野つぎは、結婚後、島崎藤《しまざきとう》村《そん》の弟子になり女流作家として活躍しました。鷹野つぎ随筆集『春夏秋冬』(昭和十九年発行)収載の「報徳仕法と十湖」からも、彼女がいかに十湖を敬愛しているかが伝わります。十湖は、実の子ばかりか、才能ある二人を応援したのです。

なお、鷹野つぎの著作については、昭和五十四年(一九七九年)、『鷹野つぎ著作集』全四巻が谷島屋から、平成二十九年（二〇一七年）、作品集『四季と子供』『娘と時代』が解説とマップ付きで、浜松市中区地域向上事業の一環として刊行されています。

同時期、十湖はもう一人、しかも偶然、鷹野つぎと同い年の若者を応援していました。水彩画家・水野《みずの》以文《いぶん》です。

明治二十三年（一八九〇年）、浜名郡豊西村に生まれた水野準平《じゅんぺい》は、若いころから絵が好きで画家を目指していました。準平の才能を認めながらも、芸術の道で身をたてる難しさを知っている十湖は、「風雅の道は正業の余暇にせよ」、つまり「生活の基盤を築いたうえで、余暇に絵を描きなさい」と諭し、「以文」という画号を贈りました。

明治四十年、十七歳で上京した以文は、石版工場（のちの凸版印刷）で働きながら、太平洋画会研究所や日本水彩画会研究所で絵を学び、明治四十二年、第三回文展で「城辺河岸」「晩夏」の二点が初入選、画家としての一歩を踏み出しました。その後も終生、戸外での写生を貫き、透明感のある水彩画を発表し続けました。

以文が感謝と敬意をもって描いた十湖晩年の肖像画と、文展初入選作「城辺河岸」は、現在、十湖菩提寺・源長院に収蔵保管されています。

こうして、若者たちの才能を育てる一方で、十湖・佐乃のあいだに生まれた六人の子どもたちは、乳幼児の死亡率が高い当時としては珍しく、みな、すくすくと成長しました。

しかし、時代は十湖から一人の子をうばいました。

次男の藤吉です。

松島十湖肖像画　源長院所蔵

第七章

次男の死・十湖ますます奇人に

明治維新をきっかけに、日本が国のあり方を一新した十九世紀なかば、イギリス、フランス、スペインなどヨーロッパの国々は先を争ってアジアに進出し植民地化をすすめていました。国を守るため、さらにはアメリカやヨーロッパの先進国に追いつくため、不平等条約を改正するためにも国力を強めようとしていた日本は、明治二十七年（一八九四年）、清国（現在の中華人民共和国）との戦争に突入、翌年勝利をおさめました。

日清戦争後、日本はさらに軍備を拡張し、明治三十七年（一九〇四年）、ロシア艦隊への攻撃を口火にロシアとの戦闘に入りました。日露戦争の始まりです。

日清・日露の戦争にかけた戦費は、税となって人々の暮らしにふりかかってきました。それだけではありません。特に、日露戦争は壮絶な戦いで多くの犠牲者《ぎせいしゃ》を出しました。

志願して陸軍に入隊していた次男・藤吉（出征中に義父の名・登助《のぼりのすけ》と改名）は、明治三十七年八月末、清国の遼陽《りょうよう》付近でロシア軍との戦闘中、義母みち、妻ちかを残して戦死。藤吉（登助）二十七歳、十湖は五十六歳になっていました。

地域のため、お国のために役立つことをなによりの喜びとしていた十湖に届いたのは、息子戦死の報。しかも、藤吉（登助）は、四時庵友月《よじあんゆうげつ》として俳句の道でも将来を期待されていたのです。

どれほど悲しみ、夢でもいいから帰ってこいと願ったことでしょう。しかし、当時の親、特に父親は悲しみを表に出すことはしませんでした。

大陸《たいりく》に散りて香高《かたか》し桜花《さくらばな》

能《よ》く死んだ出かしおったと魂迎《たまむか》ひ

広い視野を持っていた十湖でさえ、息子の死に対して、こういう句を送ったのは当時の空気でしょうか、多くの戦死者や遺族への配慮でしょうか。

葬儀を挙げるのは戦争終結を待って、など十湖の意向や様々な事情から三ヶ月遅れの明治三十七年十一月、近藤家・松島家合同による近藤登助の葬儀が菩提寺の源長院で盛大に営まれました。

葬儀とほぼ同時期、近藤登助（俳号・四時庵夕月）が出征中に詠んだ

秋の雨唐王山《とうおうざん》の石白《いししろ》し

の句碑が源長院に

あきの雨敵は何処《いずこ》に濡《ぬ》るるやら

を刻した句碑が近藤家の菩提寺・初山宝林寺《しょさんほうりんじ》（浜松市北区細江町）に建立されました。

表向き、よく死んだと詠んだとしても、父親としての悲しみは深く、以降、

十湖は議員などの公職から退いていきます。そして、年とともに奇人ぶりが目立つようになっていくのです。

家長の座は、ずっと前に長男の源一にゆずってあります。地域への貢献も、まずは一段落。十湖は俳句と報徳に生きる毎日でした。俳号も大有庵十湖と名乗っていましたが、明治四十一年、笠井の警察署長官舎の建設基金にあてるため最後に残った田畑を売り払い、とうとう住む家以外の財産をなくした十湖は、「これでは大有りどころか大無しだ」と大有庵の号を弟子にゆずり、自身は〝大蕪庵《だいぶあん》〟と名乗りました。

多くの人が〝先祖から受けついだ土地を大事に守って子孫に残す〟と考える中で、十湖は文字通りの〝子孫に美田を残さず〟

「なあに、金は天下の回り持ち」

と笑って、こう詠むのでした。

巣立《すだち》せよ燕《つばめ》我が家を賣《う》らぬうち

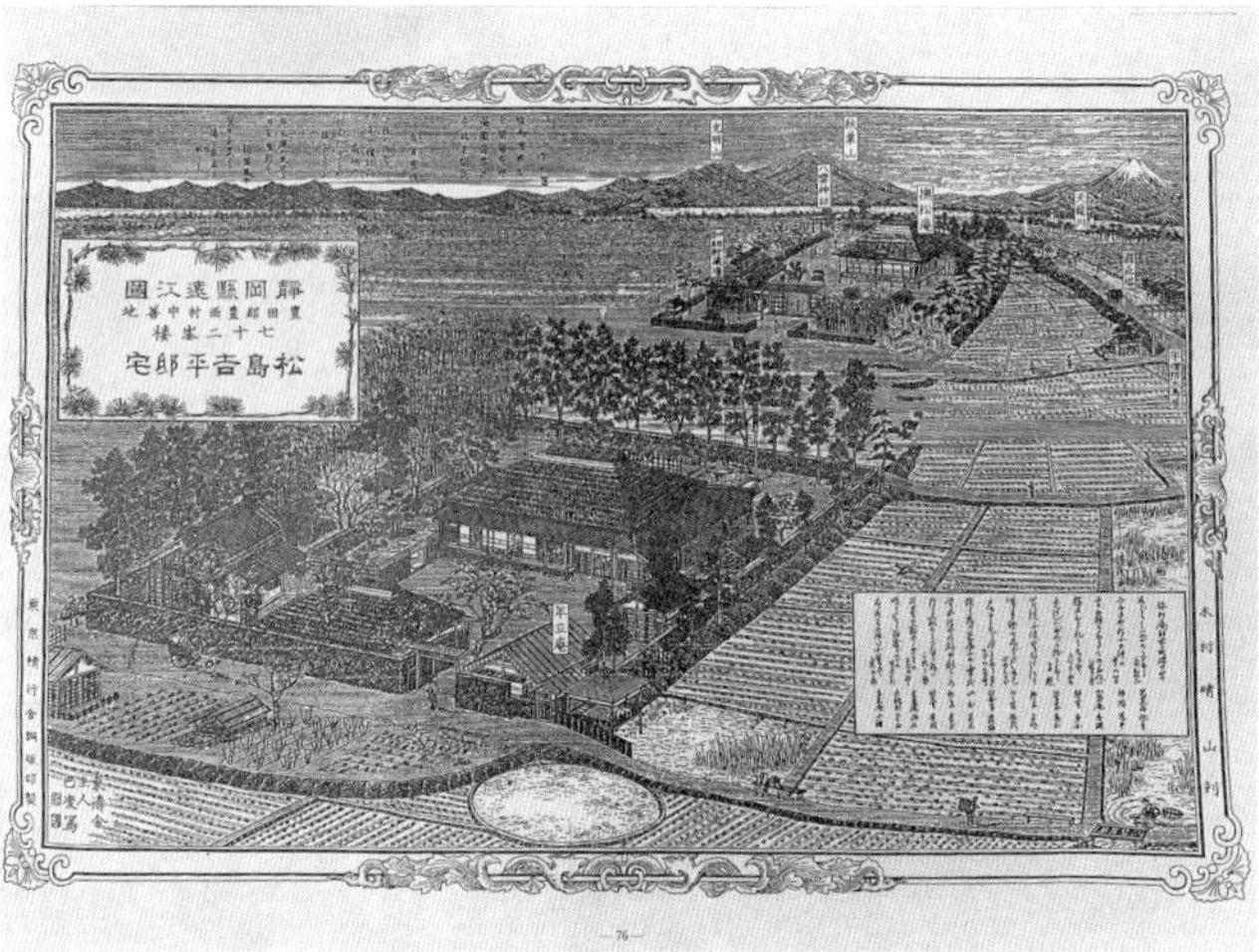

大有庵・大蕪庵図　　手前が大有庵。奥が大蕪庵　個人蔵

しかも、句の前に

　貧《ひん》に貧を重ね愚《ぐ》に愚をつみ敗《はい》に敗を取りて田畑山林所有品のこらず家《いえ》屋敷数棟《やしきすうむね》をまさに売り払はんとする折しも

の詞書《ことばがき》つきですから、もう、だれも言葉がありません。

　こうして、いよいよ金銭や地位に執着のなくなった十湖は俳句三昧《ざんまい》の日々を送っていました。あまりの清貧ぶりを見かねた弟子たちが

『わが師の清貧は知っての通りだが、

最近は赤貧洗うがごとし。気持ちのある人は、活命料《かつめいりょう》として一人一円ずつ寄付してほしい。ただし、多くても少なくてもいけない。送ってくれた人には尊徳翁と芭蕉翁の肖像画をお礼に送る』
と、全国にちらばっている弟子たちに呼びかけて生活資金を集めたところ、締め切りをすぎても、あちこちから「活命料」が届き、呼びかけ人を驚かせました。

　ところが、十湖は、
「おお、助かった。ありがたいありがたい」
と言いながら、もっと困っている人を見かけると
「さぁ、これで米でも買いなされ。着物は、わしのをやろう」
と、手元にあるお金をどんどん配ってしまいます。せっかく集めてくれた活命料を、あっというまになくしてしまっても
「どうじゃ、ええことしたじゃろ」
と得意顔です。

るやら、おかしいやらですが、十湖は涼しい顔で

春の夜《よ》の忘れものらし朝の月

活名料のお礼に送られた芭蕉の肖像画
浜松文芸館所蔵

「やれやれ、なんのためにこんな苦労をしたんだか」
「しかし、いかにも十湖様らしいじゃないか」
「あんな無邪気な顔を見ては、もう、何も言えんのう」
弟子たちも、あきれ

鶯《うぐいす》や枝も選まず地もふまず

などと詠むのでした。

天竜川の治水だけでなく、道路、学校や橋の建設、尊徳の顕彰碑、芭蕉の句碑、水難者の慰霊碑建立など、目についたもの手当たり次第に寄付をし、ついには先祖伝来の田畑も手放し、ときには着るものにも困り夏中肌襦袢《はだじゅばん》で通す、借りた金をすぐ人にあたえてしまうなど、十湖の生き方は自由自在、気まま、というより八方破れです。

そんな十湖の奇人ぶりに眉をひそめる人もいたでしょう。しかし、十湖の生き方を理解し、応援してくれた人も多くいます。その一人が、周智郡森町《しゅうちぐんもりまち》出身、製糖王、発明王と称された鈴木藤三郎《とうざぶろう》です。

いまは、どこでも甘い菓子や飲み物があふれていますが、明治以前の日本では、砂糖は大変高価な貴重品でしたし、維新後もほとんど輸入に頼っていました。というのも、砂糖の原料は、亜熱帯に育つサトウキビか寒冷地に育

鈴木藤三郎　森町教育委員会所蔵

つ甜菜《てんさい》のどちらかですから、国内ではほとんど作れなかったのです。

ここで、鈴木藤三郎の登場です。幼い頃から、なんでも自分が納得するまでとことん突きつめなくては気が済まない性格の藤三郎は、二宮尊徳の「報徳」に興味を持つと、当時近くの村に住んでいた松島授三郎や、第四章に出てきた安居院庄七、掛川の岡田佐平治らのもとを訪ねては、熱心に学びました。中でも藤三郎に響いたのは、小田原藩に仕えていた二宮尊徳が、財《ざい》政《せい》破綻《はたん》に陥《おちい》っていた藩の収支（入る年貢と出る経費）を見直した上で、無駄を省きながら計画的に財政を立て直し、さらに黒字にまでもっていったという実践的経営理論です。

その理論に基づいたやり方で家業の菓子店の経営を見直し、売る側も買う側も満足する経営手法に自信をつけた藤三郎は、まず自己資金を蓄《たくわ》えた上で、明治十六年（一八八三年）、当時、日本の統治下にあった台湾産のサトウキビを材料に氷糖《ひょうとう》の精製に成功。東京に工場を建設、大型機械を導入して試作を重ねるなどを経て、日本精製糖株式会社《にほんせいせいとうかぶしきがいしゃ》を設立。さらに欧米視察で学んだ機械技術をもとに、自分でも新しい機械を発明・開発しながら、製塩・製茶・醤油醸造《しょうゆじょうぞう》など、次々に事業を広げていきました。

藤三郎が取得した特許件数は一五九件にのぼり、トヨタグループ創始者の豊田佐吉《とよださきち》と並んで「発明王」「特許王」と呼ばれたそうです。

ある時、上京した十湖は、帰りの旅費がなくなったと鈴木藤三郎宅を訪ねました。すでに事業家・衆議院議員として活躍中の藤三郎は、十湖より七歳年下ですが、同じ遠州地方出身の報徳社仲間として、前章でもふれた報徳二宮神社建立に協力し合うなど強い信頼関係にありましたから、すぐに

と、五円札（現在の約十万円）を差し出します。その五円をふところに入れると、十湖は
「ついでに鎌倉《かまくら》も行きたい」と。

言い出したらきかない十湖の気性を知っている藤三郎は、鎌倉見物のお供をしました。二人が鎌倉八幡宮の鳥居に近づくと、みすぼらしい姿の少女が子守《こもり》をしています。

「おうおう、かわいそうに」

十湖はぽろぽろ涙をこぼしていたかと思うと、さっき藤三郎に借りたばかりのお札をふところからとりだし、

「さあ、これで菓子でもお買い」と、少女に渡してしまいます。

さて、いい気分で鎌倉見物が終わり帰りの駅に向かうと、また藤三郎に向かって、

「ほい、もう一枚」

「では、これを」

と、平気で手を出すのです。

そのころでしょうか、藤三郎宅を訪れた十湖は

短夜《みじかよ》やされどたしかに夢一つ

の句を贈り、後に句碑として邸内《ていない》に建立されました。（注　現在は所在不明）

鎌倉の件以外にも、東北など遠方への吟行《ぎんこう》に出かける時など、旅費の大半を快く提供してくれ、しかも、十湖はその金すべてを見かけた貧しい人に施《ほどこ》し……そんなことがたびたびあっても、藤三郎は終生、十湖のよき理解者でした。しかし、明治四〇年（一九〇七年）醤油醸造に使用した添加物が有害ではないかと問題になり（のちに誤解と判明）、事業も財産も名誉も、すべて失いました。

その後、鈴木藤三郎は再起し、農園経営や教育事業に力をそそぐなどしましたが、大正二年（一九一三年）、五十八歳で病死。その知らせを受けた十湖は、

万感の思いで惜別《せきべつ》の句を詠みました。

君《きみ》ひとり逝《ゆ》いて天下の秋のくれ

第八章

晩年の十湖

老境に入った十湖は、ひたすら俳句にうちこみました。添削や揮毫、選評の依頼が全国から続々と届きます。どんなにたくさんあっても、

「さあ、いくらでもこい」

と何時間でも書き続けます。

暑がりですから、夏など、襦袢《じゅばん》一枚で汗をふくのも忘れて筆を走らせます。句集を出版し、選集に弟子の句を掲載し、句碑を建て、と俳句を広めるためには苦労をいといませんでした。入門を希望する人はだれでも受け入れ、弟子はどんどんふえていきます。

あるとき、大掃除でなくしたらしく入門者の台帳が見当たりません。

「これでは、わしが死んだとき、どこの誰が来てくれたかわからなくなるぞ」

十湖は思いついて、俳句の雑誌に死亡広告を出しました。先の活命料といっしょで全国から香典が届きます。ひとまず十湖の家計はうるおい、門弟は約一万人いることがわかりました。

毎日、全国から郵便物が山のように届くし、十湖が出す郵便物もたくさん

縁側にならぶ十湖と佐乃
浜松文芸館所蔵

あります。十湖あての手紙は、地元の局が扱う手紙の七割にものぼりました。これでは配達が大変だろうと自宅を私書箱あつかいにしてもらいました。

ちょっとしたお使いや庭掃除は、佐乃が、決まった小遣いを渡して近所の子どもたちに頼んでいました。十湖は六十歳を過ぎたころから、白いあごひげを長くたらしていました。ギロリとした大きな目で見られると、まるでにらまれるようで、小さな子どもには近寄りがたい存在でしたが、お使いのあと、「ごくろうさん」とお菓子をもらえるのが楽しみだったそうです。

同様に、十湖は村の中で乗る人力車や馬車に料金を払ったことがありません。決まった料金より、もっと多くのものをもらっているので、車夫も喜んで車をひいたのです。自由自在・型にはまらない生き方を通した十湖、それを許してくれた周囲の人たちに、古き良き時代のおおらかさを感じます。

明治が終り、よき理解者だった鈴木藤三郎も亡くなりました。さすがの十湖も次第に年を重ね円満になってきました。

大正六年（一九一七年）、十湖六十九歳、佐乃六十七歳の夏、二人は結婚五十年を迎えました。結婚二十五年目は銀婚式、五十年目は金婚式を祝いますが、医療も栄養・衛生状態も現代より遅れていた当時、二人そろって健康に金婚式というのは、ほんとうに、おめでたいことです。

祝賀会を開くにも、親族だけでなく、弟子や地元の関係者など交際範囲の広い十湖ですから、準備も大変です。なによりも、祝ってもらう本人が、あれやこれやと大騒ぎだったことでしょう。長男・吉平（俳号・枕水《ちんすい》）はじめ、若い頃から十湖の弟子になり、いまでは十湖の相談相手にもなっている佐乃の弟・伊藤豊太郎（俳号・蒲邨《ほそん》）など親族や主だった弟子たちが、十湖に振り回されながら、各方面と連絡を取り合いながら、準備をした様子が目に浮かびます。

七月一日、そろって近くの八幡神社に参拝した後、源長院で第一回祝賀会を開催。会に先立って、十湖は近所の貧しい人たちに米を、出入りの郵便夫、人力車夫には酒・飯・記念品などを、祝賀会参加者には、三男保平手配の十湖の句〝五十年内助《ないじょ》の功《こう》や屠蘇雑煮《とそぞうに》〟を印した徳利盃セットが記念品として配られました。

先に書いたように、十湖は〝長男は跡取りだから役人、次男は軍人、三男は商人〟、と早い時期から子どもたちの方向を定めていました。兄姉が高等教育を受けた中で、商人に学問はいらないと思ったのか、三男の保平は尋常《じんじょう》小学校（現在の小学校六年）卒業と同時に、同じく報徳社仲間でもある浜松の商家「棒藤《ぼうとう》」へ丁稚奉公《でっちぼうこう》に出されました。

「棒藤」は大きな商家です。小間物や化粧品など、あつかう品の種類も多く、奉公人も大勢います。ほとんどの丁稚や女中たちは店に住み込み、朝は夜明け前から水汲みや掃除などの下働きをしてから、ようやく一汁一菜の朝ごはん。それも大急ぎでかきこむと、店に出て番頭さんに従って働きます。親元から離れ、知らない土地で先輩たちにしごかれる日々。奉公に来たばかりの小僧さんは、みな、夜になると家恋しさに布団の中でこっそり泣いていましたが、一人保平は「実家にいた時も、父親から水汲み、掃除をやらされていたので平気だった」そうです。

十湖は撰要寺で修行した経験から、家でも「雑巾はきつくしぼれ！　庭をはく時は足跡を残さないよう後ずさりして！　水は大切に無駄なく！」と子どもたちを厳しくしつけました。そんなスパルタ教育の成果か、保平は二十年余りの奉公を無事勤め上げて独立、「棒藤」などが共同出資した「中村氷《ひょう》糖《とう》合資会社」の経営に取りくみはじめたところです。その会社は、十湖の盟《めい》友《ゆう》で製糖王の鈴木藤三郎が開発した氷砂糖を扱う会社、しかも藤三郎がこの

記念に配られた写真ハガキ
浜松文芸館所蔵

世を去る一月《ひとつき》前に、会社創立を報告し喜んでもらえた、という深い縁もあるのです。

十湖と佐乃にとって、次男・藤吉の戦死は悲しいことでしたが、長男はじめ、三男保平も、遠方から駆けつけた娘たちもそれぞれ安定した暮らしをしています。その上、大勢の弟子たちも各地から集まってくれました。いろいろな縁がつながって迎える金婚式、どれほどの喜びだったことでしょう。

ただでさえ、宴会や賑《にぎ》やかなことが大好きな十湖です。芸妓《げいき》手踊り、相撲《すもう》、浪花節《なにわぶし》から花火の打ち上げと、お祭り騒ぎの日々を楽しみました。

さらに、その後、八月、九月、十月と合計四回も祝賀会を開いたと記録されています。おそらく、地域や交流関係ごとに分けたのでしょうが、それはそれは盛大な祝賀ぶりです。

写真の左右には〝月花や無事を保故里《ほこり》の五十年〟〝風薫出雲《かぜかおるいずも》の神のめぐみか那《な》〟の自賀句が記されています。

金婚式祝いの合間合間には、弟子たちと祝いの句会が続きます。弟子は大勢いますし、遠くから来てくれた客もいます。きっと、何回もの句会が催されたことでしょう。

その会で祝いの句を書き記した文台《ぶんだい》がのこされています。表には十湖の自賀。裏面には弟子が詠んだ祝いの句が書かれています。酒をくみかわしながら、わいわい賑やかに、でも、句を詠むときは互いの語が重ならないよう真剣に詠んでいったことでしょう。

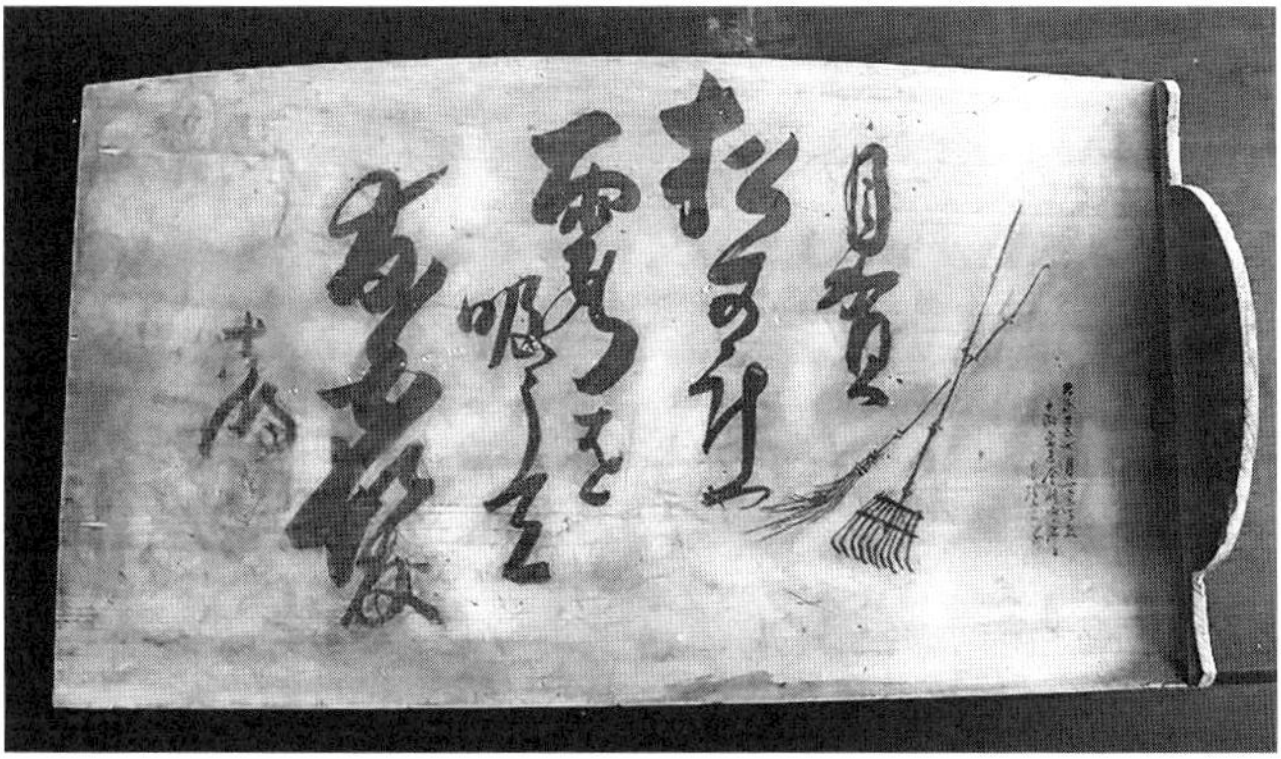

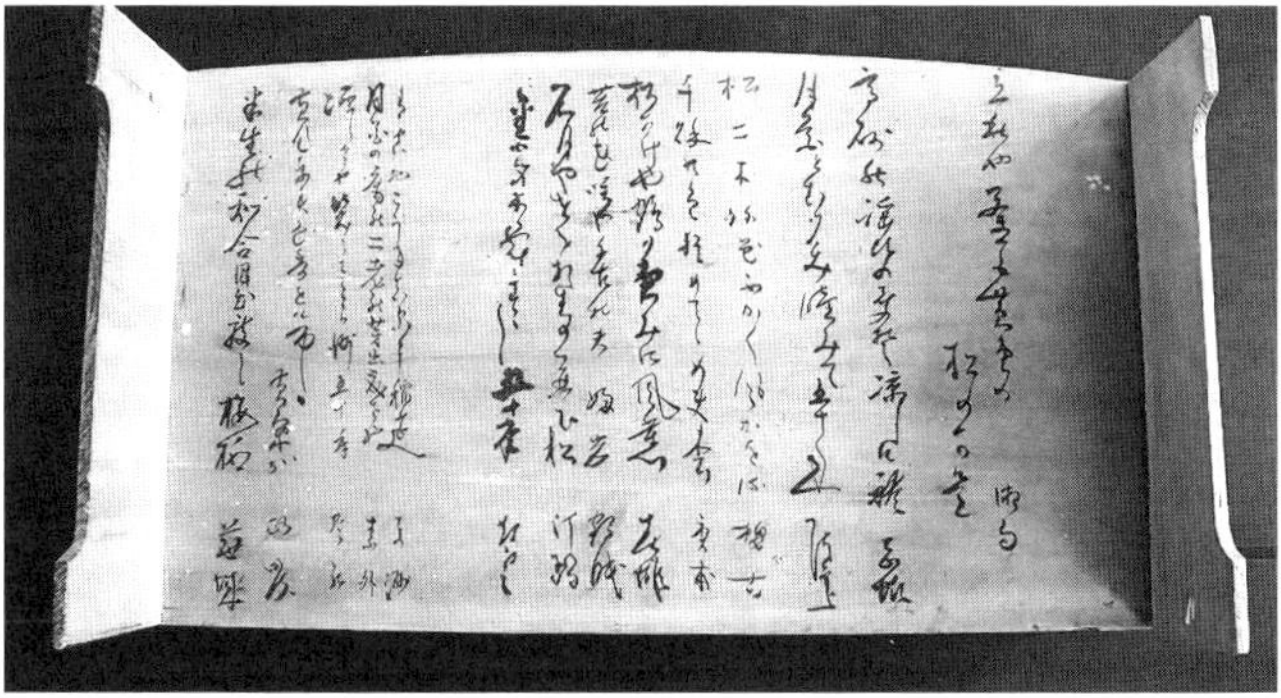

上　文台表　下　文大裏
個人所蔵

自賀《じが》
松かげや霞《かすみ》を吸うて友白髪《しらが》　十湖

裏面には、
高砂《たかさご》の謡《うた》ひの声ぞ涼《すず》しけれ　志帆《しはん》
月花とむつみ睦《むつ》みて五十年　随處《ずいしょ》

からはじまり、塊古《かいこ》、秀甫《しゅうほ》、春雄《しゅんゆう》、鶴眠《かくみん》など十四人の弟子による祝賀の句が書かれ、最後は
半生《はんせい》の和合目出度《わごうめでた》し梅柳《うめやなぎ》　蕪城《ぶじょう》

で締められています。
また、金婚式を祝ってもらった喜びと感謝を詠んだ

国宝の御堂《みどう》をまもる若葉かな

を刻した句碑は源長院参道入り口に建立されています。

盛大な金婚式に続いて、翌大正七年（一九一八年）七月には十湖七十歳、古稀《こき》の祝いです。七十歳まで長生きすることは古くから稀《まれ》なことですので、またまた、祝いの句会が繰り返し催されました。こうして仲間たちと俳句を詠んだり、遠方の弟子と手紙のやりとりをしているうち、十湖の中にふつふつと旅心がわいてきました。しばらく旅に出ていませんし、遠方に住む弟子たちとも会っていません。思い立ったら、もう止まりません。
まずは八月、たっつけ袴《はかま》に草鞋《わらじ》ばきで富士登山。七十歳で、とは驚くばか

道中着を着た晩年の十湖
浜松文芸館所蔵

りですが、浅間神社《せんげんじんじゃ》から三合目、四合目……と句を詠み、最後は八合目小屋に泊まって、無事下山しました。御殿場《ごてんば》の浅間神社には弟子によって

朝晴や汽車のはき出す富士道者《どうしゃ》

先わたる木の花橋や不二詣《ふじもうで》

の句碑が建立されています。

十月には〝月日は百代《ひゃくたい》の過客《かきゃく》にして　行きかふ年もまた旅人なり〟と旅をした俳諧の祖・松尾芭蕉の足跡をたどるように、大垣を出発点に、兵庫県《ひょうごけん》の須磨明石《すまあかし》から京都など関西を訪れます。

年が明けて大正八年（一九一九年）三月、伊勢・鳥羽から岡山へ、さらに四国へわたり高松、阿波《あわ》……、帰りには伊賀上野で芭蕉晩年の住まいを訪ね、ようやく中善地に戻ったかと思うと、五月には金沢、福井の永平寺《えいへいじ》から富山へ……行く先々で神社仏閣に詣《もう》で景勝を味わい温泉に浸《つ》かりながら、吟行を楽しみました。年齢を考えると、驚くほどの気力体力です。

とはいっても、金のない十湖です。弟子たちが旅費を用意してくれての旅立ち。それも、後先を考えずあるだけ使ってしまい、とちゅうで金に困ると訪問先の門人に金を借りたり、宿で短冊や色紙に俳句をしたためての即売会、あるいは列車の中で

「わしは天下の松島十湖だ。わしが書いたものなら高く売れるぞ」

と、手元にある扇子《せんす》や包装紙などに俳句を揮毫し乗客に売りつけたり。この

時ばかりは、さすがにお供の弟子たちもハラハラしていたようです。

こうして十湖は、ふだんなかなか会えない弟子や昔の仲間たちとの交流を楽しみました。その一人が、引佐麁玉時代、農学社で松島授三郎とともに力を貸してくれていた、発明家の富田久三郎です。手紙のやりとりはあっても、実際に二人が会うのは、何十年ぶりでしょう。

良質の苦汁《にがり》を求めて行きついた徳島県阿波《あわ》（鳴門市）で製塩・製薬業を営

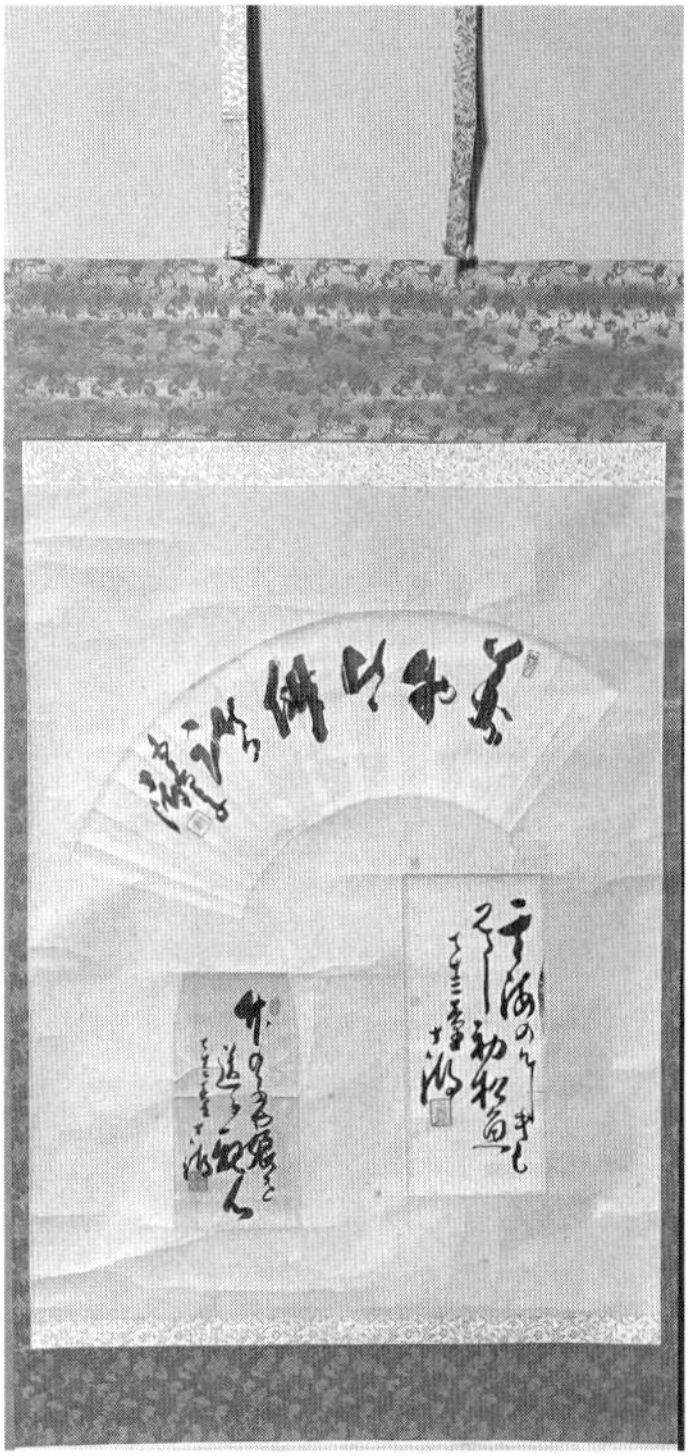

句を書き散らした紙を貼りあわせた掛け軸
うみのしほ所蔵

上は使い古した扇面　萬物皆俳諧《ばんぶつみなはいかい》
右下は菓子箱掛け紙の余白
その海のにしきも見たし初松魚《はつがつお》
左下は広げた煙草箱の裏
竹の子や娘を送る親心

む久三郎（俳号・貞松庵凌霜《ていしょうあんりょうそう》）は十湖を歓迎し、さっそく地元の仲間たちに声をかけて句会の席を開きました。その場で話題に出た阿波出身で江戸後期の俳人・幻住庵潮汲《げんじゅうあんしおくみ》の句〝雛《ひな》に灯《ひ》の入《い》りてまた鳴くすずめかな〟を、十湖が揮毫、その書をもとに久三郎が記念の句碑を建立しました。

それから約百年後の二〇一一年、十湖の揮毫を拓本《たくほん》にとって新たに刻まれた句碑が、浜松市東区の十湖百句塚に建立されました。芭蕉が活躍した時代からは実に三百年以上の時を超える、浜松と阿波（鳴門）交流の証しです。

ところで、富田家と松島家には、このような写真が残っています。

十湖を含めてて日本人が八人。後列に立っている五人はドイツ人です。なぜ大正時代に、四国の阿波で国際交流？

ここで世界史のおさらいです。一九一四年（大正三年）、ロシア・イギリス・フランス・日本などの連合国と、ドイツ、オーストリア、オスマン（現・トルコ）などの同盟国の間で戦争が起きました。これが第一次世界大戦です。

一九一八年（大正七年）末、日本をふくむ連合国軍の勝利で戦争が終結。

ドイツ人捕虜と十湖（中央松島十湖、向かって右横富田久三郎）
松島知次所蔵

日本海海戦で捕虜《ほりょ》となったドイツ人兵士たちを、国内各地の収容所にわけて収監することが決まりました。

　前々から、製塩・製薬のほか畜産にも事業を広げたいと考えていた富田家は、牧畜や乳製品製造の技術を学ぼうとドイツ人捕虜の引き受けを申し出ました。捕虜たちが到着すると、さっそく、酪農《らくのう》や建築に詳しいメンバーの指導を受けながら、捕虜たちの住まい・牧舎《ぼくしゃ》や搾乳《さくにゅう》施設《しせつ》等を建造し、牛・豚の肥育《ひいく》、牛乳や乳製品の製造に取りかかります。

牛乳やバター・チーズは、まず、捕虜たちの栄養補給に。その後、牛乳、パン、ビスケットなどが、それまで洋食になじみのなかった地元の人々にも普及していきました。

母国ドイツへの帰還《きかん》が許された一九二〇年までの二年間、富田家は、捕虜たちを国際法の規定以上に手厚く待遇するだけでなく、せっかくドイツ人が大勢いるのだからと、地元の人たちとの文化交流をはかりました。日本で初めてベートーヴェンの交響曲第九番が演奏されたのも、この地です。このエピソードは、後に『バルトの楽園《がくえん》』と題して映画化されました。

久三郎はじめ富田家、いえ地域の人たちの、互いの立場を超えた友好的な姿勢がうかがえます。

帰宅後しばらく落ち着いていたかと思うと、今度は、大正十三年、松島授三郎の縁で深いつながりのある掛川の岡田家から、岡田佐平治の孫・良平氏、

岡田良平肖像画
大日本報徳社提供

二度目の文部大臣就任というおめでたい話が伝わってきました。

「あの佐平治さぁのお孫さんが、こんなに立派になられたのか。お父上も立派な方だった。生きとったら、さぞかし喜ばれたろうに」と、喜んで駆け付け、

色替《かえ》ぬ松の枝ぶり見上げけり

と祝いの句を贈りました。

岡田家と十湖　大日本報徳社・講堂前
岡田良平文部大臣就任祝　大日本報徳社提供

集合写真中央の椅子に座っている人物が、大日本報徳社第三代社長岡田良平。向かって右が晩年の十湖。岡田良平文部大臣就任祝賀会記念に、大講堂の前で写されたものです。

第四章で紹介したように、報徳思想を深く学んだ岡田佐平治・良一郎父子は、大勢が一緒に学べるようにと、明治・大正・昭和初期まで数十年もの時間をかけて講堂や図書館、宿泊施設などを建設。各地から集まった若者たちは、共同生活をしながら熱心に学び、卒業後はそれぞれの地元に戻って地域貢献をしました。写真は、すでに多くの建物が完成し、運用され始めていた頃です。

なお、元・掛川農学社の材を再利用して建造した大講堂は国の重要文化財に、正門の道徳門・経済門はじめ、有栖川宮邸《ありすがわのみやてい》の一部を移築した仰徳《こうとく》記念館、仰徳学寮などの建築群は静岡県の文化財に指定されています。

「遠江国報徳社」は、明治四十四年に「大日本報徳社」と改称し、現在も活動中です。

報徳仕法を広めたのは、拠点を持たずに一人で伝播《でんぱ》活動をした福山滝助や安居院庄七、地域に根をおろした十湖や岡田父子だけではありません。同じように、明治維新以降の混乱の時代、社会保障のない時代、各地に「報徳社」が組織され、それぞれの地域ごとに精神的、経済的、社会的なよりどころとなっていったのです。

こうして、日帰りで行ける範囲から遠方まで足を伸ばしての朋友《ほうゆう》を訪ねる旅を終え、ようやく落ち着いた大正十五年（一九二六年）、十湖喜寿《きじゅ》（七十七歳）の祝いにと、弟子たちが募金を集めて立派な銅像を浜松の鴨江寺境内に建ててくれました。

弟子や関係者らが準備・打ち合わせを重ね、四月二十五日、導師《どうし》に高野山座主・泉智等《いずみちとう》を迎え、東京の彫刻家・山本瑞雲《やまもとずいうん》師をはじめ多くの関係者が見守る中、銅像の除幕式が挙行されました。まさに春爛漫《はるらんまん》の好天にも恵まれ、花火打ち上げ、孫娘・いちによる除幕、紅白の投げ餅など盛大で華やかな一日でした。十湖もよほど嬉しかったらしく、

銅像に我が魂《たま》入《い》れん千代《ちよ》の春

銅像のとりまかれけり春の人

の句を詠みあげています。

十湖銅像
源長院所蔵

注　銅像は第二次世界大戦中、武器生産に必要な金属として軍に供出したため現存していない。

十湖葬儀　源長院所蔵

除幕式を終え、ほっとしたのか七月はじめから十湖の具合が悪くなりました。長年働き続けたため、心臓が弱っていたのです。

大正十五年（一九二六年）七月十日午前八時、家族や弟子たちが見守る中、十湖は大往生をとげました。今度は本物の死亡記事や通知を見た人々が、続々と集まります。

葬儀は、七月二十五日、羽鳥村《はとりむら》（東区豊町）の、松島家菩提寺・源長院で村葬として執り行われました。前夜から門弟や家族が集まり順番に食事をとって、午前四時、打ち上げ花火の合図、午前五時から受付開始、正午までに千五百人の会葬者が昼食をとり、午後一時から、可睡斎方丈《かすいさいほうじょう》を導師として葬儀開始。葬列は、十湖邸から源長院まで延々一㎞余り、途切れることなく続きました。

写真からは、黒い着物に帽子をかぶった参列者が道を埋めつくしている様子がうかがえます。

蕉風俳諧《しょうふうはいかい》と、「困っている人に尽くすのは当たり前のことじゃわ」の報徳精神を人生の柱に、心のおもむくまま生き抜いた松島十湖は、多くの人に送られて、その生涯を閉じました。

法名《ほうみょう》　円応院鑑道十湖居士《えんのういんがんどうじっここじ》

行年《ぎょうねん》七十八歳。生涯に詠んだ句、五、九八二句（松島勇平調べ）。

世間の思惑や常識にとらわれることなく、言いたいことを言い、やりたいことをやりつくした人生です。悔いはないでしょう。

遺詠《いえい》　海も見ず山も眺《なが》めず月一夜《ひとよ》

十湖を支えた妻佐乃は、その後も子や孫に囲まれ穏やかに過ごし、昭和十六年（一九四一年）、九十歳の長寿をまっとうしました。いつもニコニコと笑顔をたやさない、可愛いおばあさんだったそうです。

父の名を継いだ長男吉平は、仕事のかたわら、大蕪庵沈水として俳句にも精進しました。昭和二十二年九月二十九日、沈水七十三歳の時、三人の仲間と催した句会の資料が残っています。

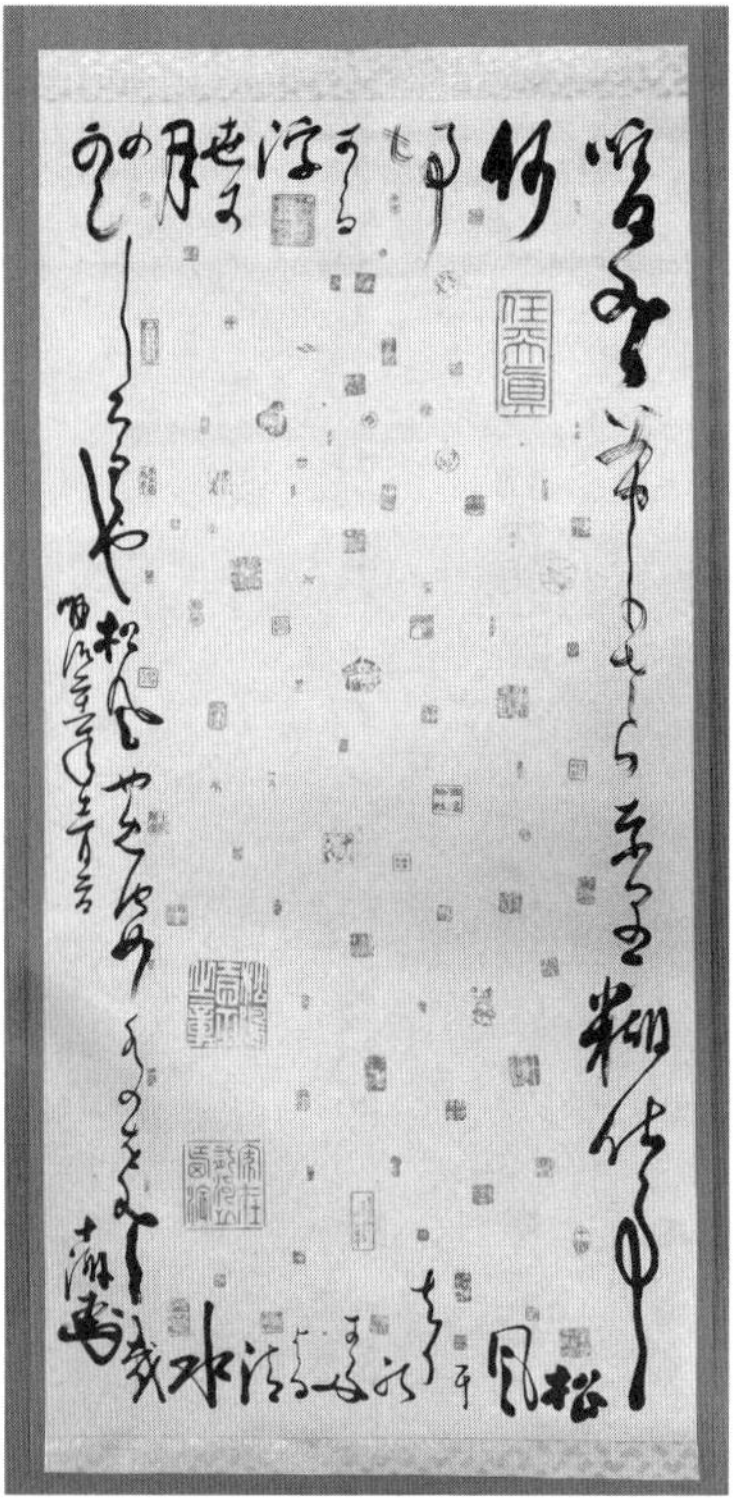

沈水と友人による俳句　落款図
浜松文芸館 所蔵

畳一枚ほどもある大きな紙の中央に各自の落款が花のように散らされ、その周囲には、右↓下↓上↓左の順に

暖《あたたか》といふもさらなり糊仕事
松風にちりのかたよる清水哉
何事もかゝる浮世か月の雲
しぐるゝや松風止《や》めば水のをと

と、春夏秋冬を詠みこんだ句が墨くろぐろと書かれています。

添えられた説明書きに「贈　大蕪庵宗家松島沈水先生　於館山寺下小波館《さざなみかん》観月句会ご出席記念　列席立会人　大叟庵渥美知新　大日庵宮下以道　寒山居佐藤夢谷」とありますから、気の合う友人と酒をくみかわしながら、句を詠み、揮毫して楽しんだようです。その場面を想像すると、父・十湖と重なり、ようやく戻った平和な日々を味わう雰囲気も伝わります。

こうして、十湖を見送った後も、沈水をはじめ各地の弟子たちは十湖が生涯かけて取り組んだ俳句の道を受け継ぎ、広めていきました。それが、第九

章の句碑・句碑群整備へとつながっていくのです。

第九章

十湖が遺した句碑と句碑群

十湖の句碑は、現在わかっているだけで全国に五十九基、複数の碑を並べた句碑群が五ヶ所にありますが、三十歳の時に建てた

在《あ》りし世《よ》の事《こと》や思《おも》ふて魂祭《たままつ》り

をはじめとして、半数近くは三十代〜四十代の若い頃に建立されています。多くの人々に俳句を教えるだけでなく、次々に句碑を建立した十湖の思い・熱意の源は、どこにあるのでしょう。

一つには、「学校に行けなくても、俳句を通して自然を味わい、知識、教養を深めることができる。年齢や立場が違っても、俳句仲間同士、報徳精神や神仏を敬う心を共有できる。俳句を広めるため、後世まで残る句碑を建てよう」という思い。

さらに、「明治維新後の廃仏毀釈令《はいぶつきしゃくれい》により、人々の心の拠《よ》り所だった寺や神社が荒れている。寺社の再興、人々の参拝のきっかけになるよう境内に句

碑を建てよう」という十湖なりの思いもあったのではないか、と筆者は勝手に想像しています。

では、浜松市内から市外へと順に、わかる範囲で建立年代順に、建立後、移築したものは現在地で紹介しましょう。

【浜松市内にある句碑】

在《あ》りし世《よ》の事《こと》や思《おも》ふて魂祭《たままつ》り
浜松市東区豊町　服織《はたおり》神社

牛馬《うしうま》もここを忘れぬ清水《しみず》かな
浜松市北区三ヶ日町　個人宅

堀《ほり》あてて勝手に近き清水かな
浜松市引佐郡三ヶ日町平山オノ神

目に耳にみちわたりけり寺の秋
浜松市北区細江町　長楽寺

三日見ぬ細江の辺《へ》りの青田《あおた》哉《かな》
浜松市北区細江町　細江神社

何事《なにごと》もかゝる浮世か月の雲　浜松市北区引佐町　実相寺

＊江戸時代、浜松近辺の測量図「遠江小図」を著した渡辺謙堂《わたなべけんどう》頌徳碑と並べて建立

折々《おりおり》は山ふみもして山籠《やまごも》り　浜松市北区引佐町　方広寺（左頁参照）

後《のち》の世のやみはてるまじ鵜《う》のかがり　浜松市北区細江町　東林寺

流れねば氷るぞ水をおもへ人　浜松市北区宮口　庚申寺

松奏離歌《しょうそうりか》

別るるはまた逢《あ》ふはしよ月の友　浜松市浜北区　姫街道沿い　まるたま製茶横

＊後に道路拡張の際に破損。原型に近い形で復旧されている。

撞《つ》いてから暮るゝ後《のち》あり花にかね　浜松市浜北区平口　不動寺

山の月こころも高《たこ》う眺《なが》めけり　浜松市浜北区平口　不動寺

山吹や人の富貴《ふうき》は水の泡　浜松市浜北区根堅　岩水寺

＊近くに「かわほりもいてよ浮世の花に鳥　芭蕉」の句碑あり

方広寺境内・行在所　　浜松文芸館所蔵

＊方広寺拝殿建築費の募金協力・新居関所明治天皇行在所（地方お出ましの際の御休憩所）移築寄進などの功績により、代々の管長墓所の一画に十湖句碑建立。現在、関係者以外立ち入り禁止

伸ばすとも手足は出すなかやの外
浜松市北区　個人宅

月や風や夏しら波の海と湖《うみ》
浜松市西区弁天島　弁天神社
＊隣に正岡子規の句碑「天の川浜名の橋の十文字」あり

世の中に箒《ほうき》あてばやすすはらい
浜松市北区引佐町三ケ日　個人宅

一足も無駄にはふまぬ田植かな
浜松市東区上新屋　荒《こう》神社

稲《いね》は穂《ほ》に盃《さかずき》は手に今日の月
浜松市東区上新屋　荒《こう》神社

まつれ人神の守らぬさともなし
浜松市中区上島町　十湖稲荷

うっかりと踏めば水ある落葉かな
浜松市浜北区貴布祢　長泉寺

世のあけて日の出ぬうちの月見かな
浜松市浜北区宮口　陽泰院《ようたいいん》

国宝の御堂《みどう》をまもる若葉かな
浜松市東区　源長院参道

青柳《あおやぎ》や皆観音の妙智力《みょうちりき》
浜松市東区笠井新田　高野十七夜観音堂

咲きながら伸びすゝむなり藤の花
浜松市中区広沢町　西来院《せいらいいん》

そのままに手向《たむけ》の水や春の雨
浜松市中区広沢町　西来院

はま松は出世城なり初松魚《はつがつお》
浜松市中区八幡町　八幡宮

眼を閉じて見よや花なき里もなし
浜松市東区貴平町　二宮神社

阿蔵山《あくらさん》にあそぶ
紫蘇《しそ》めしに味《あじわ》ふ禅《ぜん》や時鳥《ほととぎす》
浜松市天竜区二俣町　玖延寺《きゅうえんじ》

＊十湖が紙に書いた句を原寸大銘板にして石にはめた、珍しい句碑

他に、関東大震災で焼失した
古池や昔ながらの春の水
東京都江東区　芭蕉神社

我が春はここにあるなり桃青寺《とうせいじ》

東京都江東区　桃青寺

の記録があります。

【句碑群】

句碑群は、笠井街道沿いに北から順に①源長院 ②撫松庵跡《ぶしょうあんあと》 ③御嶽神社《みたけじんじゃ》 ④十湖百句塚 ⑤法光院の五ヶ所にあります。それぞれ十基～百基以上と碑の数も配置も異なり、句とあわせて、書体や刻まれた石の風情を味わうことができます。

ここでは、地理的順番で紹介しますが、句碑群が建造・整備された経緯については、松島知次氏寄稿に詳しく記されていますのでご参照ください。

① 源長院境内

松島家菩提寺・源長院には十湖の句碑三基、戦死した近藤登助（夕月）の句碑四基・衛国碑・夫妻の墓の他、松島授三郎など、三遠農学社に関わった人々や弟子たちの句碑など、四〇基の碑が並んでいます。

在《あ》りし世《よ》乃《の》事《こと》や思《おも》ふて魂祭《たままつ》り　十湖

世の中に箒《ほうき》あてばやすすはらい　十湖

浜松は出世《しゅっせ》城《じょう》也《なり》初松魚《はつがつお》　十湖

征露首途《せいろのかどで》
春風《はるかぜ》や幸《さち》多《おお》き我《われ》この行方《ゆくえ》　夕月

秋の雨唐王山《とうおうざん》の石白し　夕月

しおらしや砲火《ほうか》の下《した》の女郎花《おみなえし》　夕月

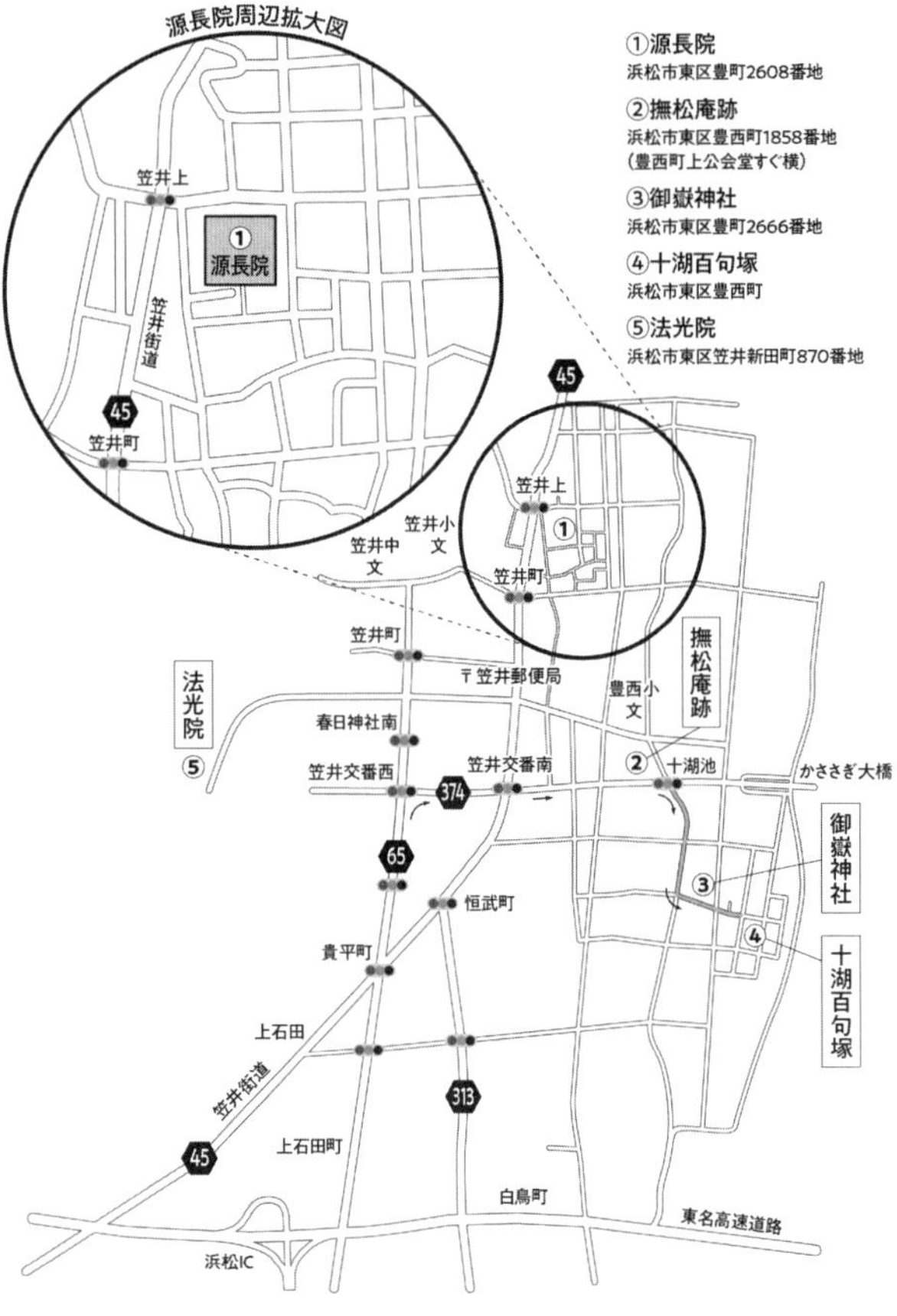
源長院周辺拡大図
①源長院
浜松市東区豊町2608番地
②撫松庵跡
浜松市東区豊西町1858番地
(豊西町上公会堂すぐ横)
③御嶽神社
浜松市東区豊町2666番地
④十湖百句塚
浜松市東区豊西町
⑤法光院
浜松市東区笠井新田町870番地
笠井上
笠井街道
45
笠井町
笠井小
笠井中
笠井町
〒笠井郵便局
法光院
豊西小
撫松庵跡
春日神社南
笠井交番西
374
笠井交番南
十湖池
かささぎ大橋
御嶽神社
65
恒武町
十湖百句塚
貴平町
上石田
313
笠井街道
上石田町
白鳥町
東名高速道路
浜松IC

近辺の略図

日の本《もと》や東風《こち》吹きそわぬ里もなし　夕月

音もなく香もなく月はおぼろかな　錬精（松島授三郎）辞世

② 撫松庵跡

豊西上公会堂敷地内、十湖最後の家・撫松庵跡には、十湖はじめ、関係する師や弟子たちの句碑十四基が建てられています。

志《し》らぬ間《ま》にふえた白髪《しらが》や秋の風　十湖

朝がほや露のもろきは敵の事　夕月

しばらくは花の上なる月夜かな　芭蕉

輝《かがやき》におされてちるや月の雲　夷白

入《いり》ふねや何国《いずく》の沖の雪の苫《とま》　嵐牛《らんぎゅう》

③　百人一句塚　頌太徳《しょうたいとく》の杜《もり》（御嶽神社《みたけじんじゃ》内）

浜松市東区豊西町にある御嶽神社境内には、木立や石組みの間に

「新年の群」

鎌鋤《かますき》のひかりは國《くに》の光《ひか》りかな　耳洗《じせん》（三遠農学社副社長）

「春の群」

鶯《うぐいす》や障子《しょうじ》にうつる朝の月　良然《りょうぜん》（十湖父）

「夏の群」

短夜《みぢかよ》やされどたしかに夢ひとつ　十湖

子そだての心に成りて蚕かな　江山《こうざん》（佐乃弟・伊藤豊太郎）

「秋の群」

白萩《しらはぎ》やよごれやすきは人ごゝろ　枕水《ちんすい》（十湖長男・吉平）

「冬の群」

今もそふ翁《おきな》の風や枯尾花《かれおばな》　夕月

「和歌の群」

もとのふちもとの瀬《せ》をゆけひとすちに水も道ある千代をまもらは　磯丸

「芭蕉翁を中心とした寄せ書」

古池や蛙飛込水の音　芭蕉

切《きっ》てから蜂の出て行《いく》牡丹《ぼたん》哉《かな》　夷白

東の間や不二を前にし後《うしろ》にし　十湖

など、それぞれのテーマごとに、句碑一一一基、歌碑七基が配置されています。季節ごとの味わいとともに十湖との関係がわかると、なお興味深く鑑賞できるかもしれません。

④ 百句塚（一人一基句碑群）

浜松市東区豊西町　源長院から南東へ約一・五キロ

日露戦争終結後、戦没者慰霊碑建立の際、十湖の提案で碑の周囲に句碑百基を並べる百句塚を造成。その後、昭和期の法永寺境内移設を経て、平成二十年、十湖百句塚保存会の尽力で現在地に「百句塚の杜」として移築整備。

国学者の

志《し》きしまの大和心《やまとごころ》を人とはゝ朝日に匂ふ山桜ばな　本居宣長《もとおりのりなが》

うらうらとのどけき春の故《こ》ゝ《こ》呂《ろ》より匂い出《いで》たる山ざくら花　賀茂真淵

ゆれて居てちらずこぼれず蓮乃露　鵜玉（有賀豊秋）

はじめ、嵐牛・夷白・夕月などの句碑が並ぶ一画。

元日やことしも来るぞ大晦日　二宮尊徳

人の短《たん》をいふことなかれ　己《おのれ》の長《ちょう》を説く事なかれ
ものいへは唇寒し秋の風　芭蕉

と刻されたひときわ大きな句碑の周囲に、をはじめ、法光院住職や弟子など、十基の句碑が木々の間に配置されています。

訪《と》ふ人も皆ふしあれや竹の春　十湖

暮れたれば瀧《たき》ばかりなり那智《なち》の空　春湖

の他、師や弟子たちの句が並ぶ一画。

など、十湖の師や弟子など関係者（地元だけでなく、広島・長野・新潟など遠方在住も）の俳句・和歌・漢詩を刻した百三十余基の碑が、それぞれの区画ごとに整然と配置されています。

さらに、句碑群の正面左手には、年度ごとの俳句大会十湖大賞受賞作品が掲示されています。

⑤　**法光院《ほうこういん》境内**　浜松市東区笠井新田町

萬世《ばんせい》にひびけ蛙の水の音　十湖

ビオトープ十湖池も含めた一帯は市民の憩いの場となっており、近くを通る国道の信号や標識には、十湖池、十湖橋東などと記されています。浜松市東区では毎年、「俳句の里づくり事業」として俳句を募集、全国から寄せられた一万余句の中から、一般・小・中・高の部門ごとに十湖賞・市教育長賞などを選定、表彰しています。このように俳句が身近なものとして親しまれていることも、十湖の遺功《いこう》の一つと言えるでしょう。

【浜松市を除く静岡県内にある句碑】

いやま寿《す》や野分のあと迺日《のひ》のひかり
湖西市入出《いりで》　白山神社　征清之役従軍凱旋記念碑裏面

のばすとも手足を出すなかやの外
静岡市葵区音羽町《おとわ》　清水寺《きよみずでら》

白瀧のしぶきや化して藤の花
静岡市葵区音羽町《おとわ》　清水寺《きよみずでら》

山の月心も高《たこ》う眺《なが》めけり　　菊川市中内田　應聲教院《おうしょうきょういん》

何事もかゝる浮世か月の雲　　菊川市中内田　應聲教院《おうしょうきょういん》

＊第三章で紹介した勝海舟揮毫《きごう》の掛け軸、十湖が自句を記した六曲一隻屏風、抹茶茶碗など、十湖関連展示コーナーあり。

先わたる木の花橋や不《ふ》二《じ》詣《もうで》　　御殿場市駅前　浅間神社

朝晴《ばれ》や汽車《きしゃ》のはき出す富士道者　　御殿場市駅前　浅間神社

行《ゆく》秋も只《ただ》にこやかな佛《ほとけ》かな　　袋井市村松　油山寺

【愛知県にある句碑】

青柳《あおやぎ》や皆《みな》観音《かんのん》の妙《みょう》智《ち》力《りき》　　名古屋市南区笠寺町　笠覆寺《りゅうふくじ》山門辺り

笠寺やもらぬ岩屋《いわや》も春の雨　同右　多宝塔裏手・春雨塚辺り

＊この二基の句碑には、それぞれ

自然美《しぜんび》は世の福ぞ月と花　大観堂《だいかんどう》

大悲《だいひ》の袖《そで》にぬるる春雨　芭蕉

が、合わせて刻されている。さらに多宝塔奥手、

笠寺の塔《とう》こち風の走り行《ゆ》く　同右　多宝塔裏手

が刻された「春雨塚」石柱周辺には、芭蕉弟子の句碑が三基配置されている。

【三重県にある句碑】

月と日の間《あい》の二見《ふたみ》の朝ぼらけ
伊勢市二見海岸通り

旅うれし港の春を見下ろして
鳥羽市日和山広樂園《ひよりやまこうらくえん》

天人《てんにん》もおりよ鼓《つづみ》が浦《うら》の夏
鈴鹿《すずか》市鼓ヶ浦《しつづみがうら》海岸

白菊《しらぎく》に紅《べに》そゝぐなりはつしぐれ
伊賀上野市《いがうえのし》愛染院《あいぜんいん》故郷塚《こきょうづか》

＊芭蕉の　白菊《しらぎく》の目に立《たて》て見る塵《ちり》もなし　をふまえて詠んだ句

【長野県にある句碑】

月の都誠に月の都かな
千曲市《ちくまし》八幡《はちまん》　姥捨長楽寺《うばすてちょうらくじ》

清水井《しみずい》や昔ながらの月比とつ
千曲市　大日堂園地《だいにちどうえんち》

探し得し其《そ》の源《みなもと》や夏の川
飯田市《いいだし》鼎町《かなえちょう》　諏訪《すわ》神社

【和歌山県にある句碑】

山の月こゝろも高う眺《なが》めけり
伊都郡《いとぐん》　高野山《こうやさん》金剛峰寺《こんごうぶじ》奥之院《おくのいん》参道《さんどう》

【東京都にある句碑】

古池や昔ながらの春の水
江東区《こうとうく》　芭蕉稲荷《いなり》神社

我が春はここにあるなり桃青寺
墨田区《すみだく》　桃青寺

何事もかゝる浮世か月の雲
墨田区　向島百花園《むこうじまひゃっかえん》

山の月故《こ》ころも高う眺めたり
練馬区《ねりまく》　十善戒寺《じゅうぜんかいじ》

【栃木県《とちぎけん》にある句碑】

明安《あけやす》し我もひと夜《よ》の御墓守《おはかもり》

日光今市市《いまいちし》　報徳二宮神社

【俳句入門】

ここで、俳句の基本をおさらいしましょう。

室町《むろまち》時代、上流階級のあいだで、五・七・五・七・七をくり返しながら詠んでいく俳諧《はいかい》の連歌《れんが》がはやりました。その後、江戸時代初期、庶民《しょみん》のあいだにさまざまな文化が広がる中、俳諧連歌の最初の五・七・五（発句《ほっく》）だけが独立して詠まれるようになりました。それが俳句です。

松尾芭蕉の

古池や蛙飛び込む水の音

山路《やまじ》来て何やらゆかしすみれ草

など、一度は目にしたことがあるでしょう。

松尾芭蕉は、それまで言葉遊びとされていた俳諧に、わび・さびなど詠む人の感性や季節感をくわえることで文芸に高めた人で、十湖も蕉風俳諧《しょうふうはいかい》を目標にしました。

芭蕉に続き、江戸中期には

菜の花や月は東に日は西に　などの与謝野蕪村《よさのぶそん》

我と来て遊べや親のない雀《すずめ》　などの小林一茶が登場します。

その後、明治時代、**柿くへば鐘が鳴るなり法隆寺**　などを詠んだ正岡子規《まさおかしき》が登場し、ひろく「俳句」の文学性が認められ、さらに、様々な俳人によって、五七五にこだわらない自由律俳句・口語句など、新しい風が吹き込まれました。

第二次世界大戦後、海外にも俳句が伝わり、今では世界中、HAIKU、漢俳《かんぱい》など、短い三行詩形式で親しまれています。

俳句作りに大切なことは、二つ。〝季語〟と〝詠む人の気持ち・思い〟です。

季語については、気候や植物、食べ物、行事などをまとめた歳時記《さいじき》で調べることができます。現代ではそれほど厳密ではありませんが、旧暦の季節感が基準になることがありますので、注意が必要です。

気持ち・思いについては、五・七・五の十七音におさめるための省略や言い切りも必要です。どうしたら十七音、あるいは三行詩にまとめることができるか考えているうちに、自分の気持ちが整理できますよ。頭の体操と思って、作ってみてください。

まずは、身近なことから詠んでみましょう。

Let's compose a HAIKU

後書きとお礼

十湖三男・保平の孫にあたる私は、終戦後、それぞれの疎開先から戻った祖父母、後に『十湖発句集』を編んだ勇平叔父、私ども家族が、同じ敷地内にバタバタと小さな家を建てて暮らす、という環境の中で生まれ育ちました。祖父母居室には十湖の句を貼りあわせた襖や掛け軸があり、十湖次女・あいの紹介で祖父母が結婚したという縁もあって、あいや十湖三女・いとが祖父母宅を訪れた時には皆で十湖エピソードに花を咲かせるなど、幼少期から十湖は身近な存在でした。

そんな思い出を語ったことから、令和三年（二〇二一年）の一年間、大日本報徳社の会報誌に「松島十湖　奇人変人の痛快人生」連載の機会を頂きました。当時は様々な事情から調べが足らず、すべてを書ききれなかった悔いが残り、改めて調査・取材を重ね、今回、一冊にまとめることができました。取材先では、多くの方々が「十湖さん」と親しみこめて語ってくださること、さらに、各地の句碑も、古いものは建立後一四〇年以上経過しているにも関わらず、とても良い状態で管理されていることに驚きと感謝の念を抱きました。

表紙を飾ったカラー版豊田橋絵図の存在を知ったのは十湖つながりのご縁、さらに彩色してくださった画家さんが私どもと姉妹同士の旧友とわかった時の驚き！　など、さまざまな場面で、十湖が今を生きる私達をつなげていることを感じました。

十湖の活動を支えお助けくださった関係者・協力者様すべてをご紹介しきれなかった非力をお詫びいたします。また、十湖が生涯かけてひろめた俳句がしっかり根付き花を咲かせていること、多くの方々がその花を守り育ててくださっていることに心より感謝申し上げます。

なお、十湖の妻は、戸籍上は「さの」ですが、鷹野つぎ随筆集『春夏秋冬』、松島勇平編纂『十湖発句集』などに佐乃と表記されていること、さらに、十湖を生涯支え続けた妻に、助ける支えるという意味の佐を使いたかったこともあり、拙著では「佐乃」と表記しました。

松島授三郎家族について、子どもの名前はわかっても妻の名は不明です。きっと広い心で家族を見守ったのだろうというイメージから「浩《ひろ》」と表記しました。

句碑・句碑群について、行ける範囲は現地確認しましたが、遠方は資料を参照しての紹介です。移転、不明などの場合はお許し下さい。俳句の一部にフリガナをふりましたが、本来の読みと一致するか不明なものもあります。あくまで参考としてご自由にお読みください。

最後に、十湖句碑保存会、大日本報徳社、浜松文芸館、松島源吉様、松島知次様、源長院東堂様、野末五助様、故・松島勇平様はじめ、多くの方々のご協力に厚くお礼申し上げます。

【出版歴】

『折り鶴は世界にはばたいた』ＰＨＰ研究所

『おりづるの旅　さだこの祈りをのせて』ＰＨＰ研究所

その他、数冊のアンソロジーに短編収載

【主な参考資料】

『奇人俳人　松島十湖』　明治四十二年　大橋亦兵衛編輯発行

『偉人の俤』　昭和三年　新居房太郎編輯発行

『鷹野つぎ随筆集　春夏秋冬』　昭和十九年　山根書房発行

『遠州偉人伝　第一巻』　昭和三十七年　浜松民報社発行

『十湖翁句碑めぐり』　昭和五十一年　牧田守弘発行

『松島十湖翁　句碑と遺墨』　昭和五十七年　牧田守弘発行

『松島十湖と報徳二宮神社句碑について』
昭和六十三年　報徳二宮神社発行
『十湖発句集』
平成三年　松島勇平発行
『東区俳句の里』
平成二十一年　句碑整備委員会発行
『遠州報徳の夜明け』
平成二十七年　中村雄次発行
『遠州報徳の師父と鈴木藤三郎』
平成二十八年　二宮尊徳の会発行
『鷹野つぎと明治の浜松・中区』
平成二十九年　浜松市中区役所発行
その他、浜松市東区発行『十湖俳句の里と句碑群』等、十湖関連資料多数

十湖直系曽孫　松島源吉氏寄稿

私の手元に十湖の掛け軸がある。

勧無極

天高く　国廣まりて　御代の秋

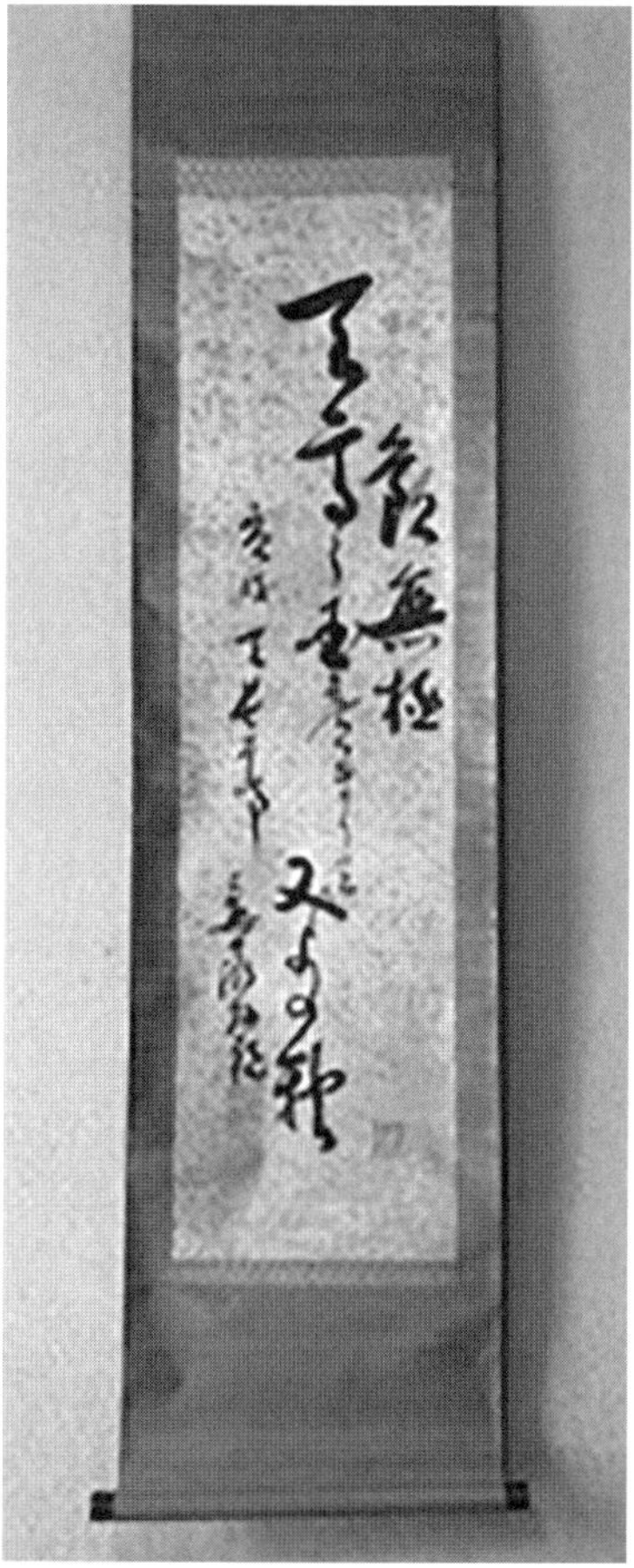

掛け軸

私のような書について疎い者にも、この十湖の掛け軸の均整のとれた流れるような字体には美しさを意識させられる。

「勧無極」と、この俳句の主題である天長節の喜びを比較的おおきな字体で定義した。そして「天高く」と秋晴れを明示し、「御代の秋」と天下泰平で終わっている。好天の秋の日を思い起こさせる実に明るい気配の句だ。

大正四年はヨーロッパで第一次世界大戦が勃発《ぼっぱつ》し、この年の秋には日本にも武器、弾薬、消費材など世界各国から大量の引き合いが寄せられるようなり、景気回復の兆《きざ》しが明らかになってきた。十湖の句の背景はそのような世界経済の変化を反映しているのであろう。

もう三十数年前になる。我が家を新築した際、父母から「十湖の掛け軸があるが自分たちも年をとってきたから、これを機会に引き継いで欲しい」とこの掛け軸を渡された。何年か床の間に飾っておいたが、掛け軸の紙の部分が色あせてきたように見えた。これ以上の劣化《れっか》は避《さ》けなければならないと考え、箱にいれて保管することにし今日に至《いた》っている。そして今回の十湖伝の出版を機に、久しぶりに再度床の間に掲《かか》げた。この掛け軸を預かった時、私は五十歳そこそこ、仕事に奔走《ほんそう》していた。今や八十歳になり、ようやく十湖の掛け軸を眺《なが》めてその俳句を味わうことができるようになった。

「松島十湖…奇人変人の痛快人生」が『報徳』に連載《れんさい》されていると私に連絡してくれたのは袋井在住のヤマハOBのK氏であった。昨年の四、五月ごろのことだ。一九八八～九年ごろ私は三井物産で新素材関連の開発部門を担当、当時ヤマハの金属営業部長であったK氏と巡り合いヤマハの金属材料の対米輸出を手掛けた。K氏とは同世代であったことから退職後も食事をしたりと、今日まで20年に及ぶお付き合いが続いている。K氏はかねてより「報徳」の購読者であった。K氏は私が磐田からみて天竜川の対岸で育ったことを知っていて、十湖が私の先祖ではないかと推測《すいそく》したようだ。

K氏は天竜川の治水のために発揮《はっき》された十湖の政治力、自分は貧乏しても恵まれない人を助けようとする利他の精神をほめたたえた。私としてはいささか面映《おもは》ゆい思いであったが、我がことのようにうれしかった。

私の祖父の松島吉平（一八七四～一九五九）は十湖の長男で、私は十湖の曽孫。著者のうみのしほさんは私の又従兄弟《またいとこ》に当たる。「報徳」誌連載のためいろいろ資料に当たり、今回、一冊にまとめられたことに、十湖曽孫の一人としてそのご苦労に感謝とともに尊敬の念でいっぱいだ。しほさんありがとう。

十湖直系曽孫　松島知次氏寄稿

俳句への道と師匠

十湖の家系は三五〇年以上続く農家だった。それが何故に俳句の道に進むことになったかは、本人の記録した文書は見当たらない。このため、推測するほかないのであるが、小笠塩井河原（現在の菊川市）の俳人、柿園伊藤嵐牛との接触が始まりと考えられる。一八五九年十歳の時、家から二十五キロほど離れた小笠郡横須賀村撰要寺に入門し五年ほど学んだ。この期間のどこかで、伊藤嵐牛又はその弟子と交流が生まれ、芭蕉のことや俳諧についての指導を受けることになった。当時は俳諧が庶民の間で相当盛んで、地元の有志や裕福な家の主人などの間で今の言葉でいえばゲームのような感覚で楽しまれていた。一八六五年十六歳の時には、嵐牛より十湖という俳号を授けられた。他方では、先祖代々の地、中善地村の位置は五キロ南の所を東海道が、また三キロ南を姫街道が通っている。西側は笠井街道に接している。笠井街道は秋葉神社を参拝する旅人の重要な道であった。このように、中善地の地は様々な人たちの通行によって新しい情報が充満し、日本各地の出来事、文化や知識が豊富であった。俳諧も近隣各地で盛んだったと考えられる。

一八六三年十四歳のとき自宅から西に三キロほどの年立庵栩木夷白の下に入門している。十湖という名前の由来についてはこれまで言及されたことはない。しかし、嵐牛の蔵書には芭蕉やその弟子のものが多数所蔵されていたことから、芭蕉の蕉門十哲の門人宝井其角の弟子、深川湖十の名前を逆さ読みした名前を嵐牛につけてもらったと考えられる。

2　句碑群の建設

句碑群とは、一つ場所に幾つかの句碑が建てられている場所のことで、日本全国を見ても十数か所あるだけとみられる。しかしこの句碑群が浜松には八か所程度集まっており、ほとんど浜松に立地している。十湖は浜松の句碑群のうち四か所について建設に直接関わっている。

①　最初の句碑群は、明治十二年（一八七九年）五月、十湖三十歳のときに建設した撫松庵の句碑群。撫松庵は自宅から二百メートルほど北にある十湖の庵で、俳諧や多種多様な訪問客の寝泊りにも使われていた。ここに芭蕉…しばらくは花の上なる月夜かな…と二人の師、嵐牛、夷白の三人の句碑のほか、すでに弟子になっていた五人の計八つの句碑を建設した。十湖自身の句碑はその三年後に弟子の手で建立された。

知らぬ間に殖えた白髪や秋の風

これが句碑として残っている最初の記念すべき俳句。

②

明治二十九年（一八九六年）四月四十七歳のとき完成したのが自宅から東南に七百メートルほどの所にある御嶽神社境内の百人一句塚。ここには百十一句の句碑と和歌が七基、合計百十八基が設置されている。芭蕉…ふる池や蛙とびこむ水の音…と嵐牛、夷白など十湖の師匠の句碑は撫松庵と同じだが、特徴的なのは地元の言わばにわか俳人の句碑が多数設置されている。

十湖は中善地という自分の住まいの近隣の住民を多数、俳人に仕上げた。十湖の句碑は二基置かれている。

短夜やされどたしかに夢ひとつ

つかの間や不二を前にし後にし

③

明治三十七年（一九〇四年）、十湖の菩提寺源長院に日露戦争の衛国碑と句碑群が設置された。この年の八月、次男藤吉（俳号、夕月）が日露戦争で戦死したのを供養して建設された。日露戦争は明治三十七年（一九〇四年）二月に始まり一年半続いた。次男藤吉は直ちに中国遼東半島に派遣されたが、八月初め戦死した。十湖にとって日露戦争も大事件だったが、次男の死は大きなショックだった。このため十湖の弟子が中心になって建設された。次男藤吉は明治十八年、八歳の時、近藤家の養子となり、登助と称した。源長院句碑群はその後も報徳活動の中心を担った三遠農学社の記念碑が大正九年に建立されるなどして、俳句だけではない大きな遺跡として残っている。句碑群は真名弟子や近隣の農民の俳句が置かれている。夕月の句碑は四基、十湖の句碑は二基置かれている。

世の中に箒あてばやすすはらい

ありし世の事や思ふて魂祭り

平成二十年に大改修が行われ、他からの移転も含めて四十基が設置されている。

④

明治三十九年（一九〇六年）六月完成　十湖五十七歳の時完成した一基一句が設置されている。三十八年、日露戦争がポーツマス条約で終戦となった翌年、戦没者の例を祀る忠魂碑が笠井町福来寺の境内に建設されることになった。この時期に十湖の提唱により、門人の大木随処等が発起人となって建立された。この句碑群は何回か移転され、平成二十年五月都市計画道路の整備に伴い法永寺境内から豊西町の田畑の一角に設置されている。句碑群には本居宣長、賀茂真淵、平田篤胤の和歌、芭蕉、其角、二宮尊徳の俳句が含まれている。俳人の範囲も従来の十湖の師匠や地元の者から、全国の門人に及んでいるのが特

徴的である。十湖の句碑は

訪ふ人もひとふしあれや竹の春

近くに来る機会があったら、句碑・句碑群を訪れてみてはどうでしょうか。明治十二年の撫松庵句碑群は、当時のままです。豊西町自治会が年二，三回草刈りをするとの説明文書が現地に置かれています。

松島家菩提寺・源長院（現住職＝松島聡雄師）　東堂《とうどう》　松島脩一《しゅういち》氏寄稿

『俳人松島十湖の痛快人生』の発刊に寄せて

令和三年の秋、うみのしほ氏が資料確認のため当院の十湖展示コーナーを拝見したいと来山されました。お聞きしましたところ、大日本報徳社の情報誌に執筆されている「松島十湖の痛快人生」を、曽孫《そうそん》である自分がまとめて出版したいというお話でした。

十湖翁の菩提寺である私にとりましては、何よりも嬉《うれ》しいことでした。

十湖翁につきましては、多くの方々が様々な角度から書物にされています。

昭和三十七年に御手洗清著『遠州偉人伝《えんしゅういじんでん》』第一巻に載《の》りました。昭和五十一年に牧野守弘氏の『十湖句碑めぐり』が出版されました。また、平成三年には十湖の孫、松島勇平氏が約六千句を掲載した『十湖発句集』を出版

源長院　本堂　十湖展示コーナー

されました。

明治・大正期に活躍した十湖翁が昭和・平成の時代に蘇《よみがえ》り、今、令和の時代に、うみのしほ氏により再び世に出ることは、誰もが望んでいたことであり、翁自身も喜んでいることと思われます。

前述の展示コーナーは、平成一八年に本堂書院等の完成に合わせて、翁の足跡を後世の人達に伝えたいという願いから併設《へいせつ》されました。

中央には、水野以文画伯による十湖翁の肖像画が掲《かか》げられています。左側には数多くの大小様々な落款《らっかん》が押された掛け軸があり、右側には愛用した鉄瓶《てつびん》・文机《ふづくえ》・硯石《すずりいし》・

金原明善翁との写真、さらには中村雄次氏より寄贈された「浜松は出世城なり初松魚」や久島寛氏寄贈の季節ごとに替わる掛け軸などが並んでいて、多くの方が拝見に訪れます。

本書が発刊されましたら、このコーナーに収めさせていただき新しい資料として後世に残したいと考えています。

うみのしほ氏の今回の出版は、十湖翁にかける情熱が迸《ほとばし》り大変意義深いことで、心から敬意を表するものです。

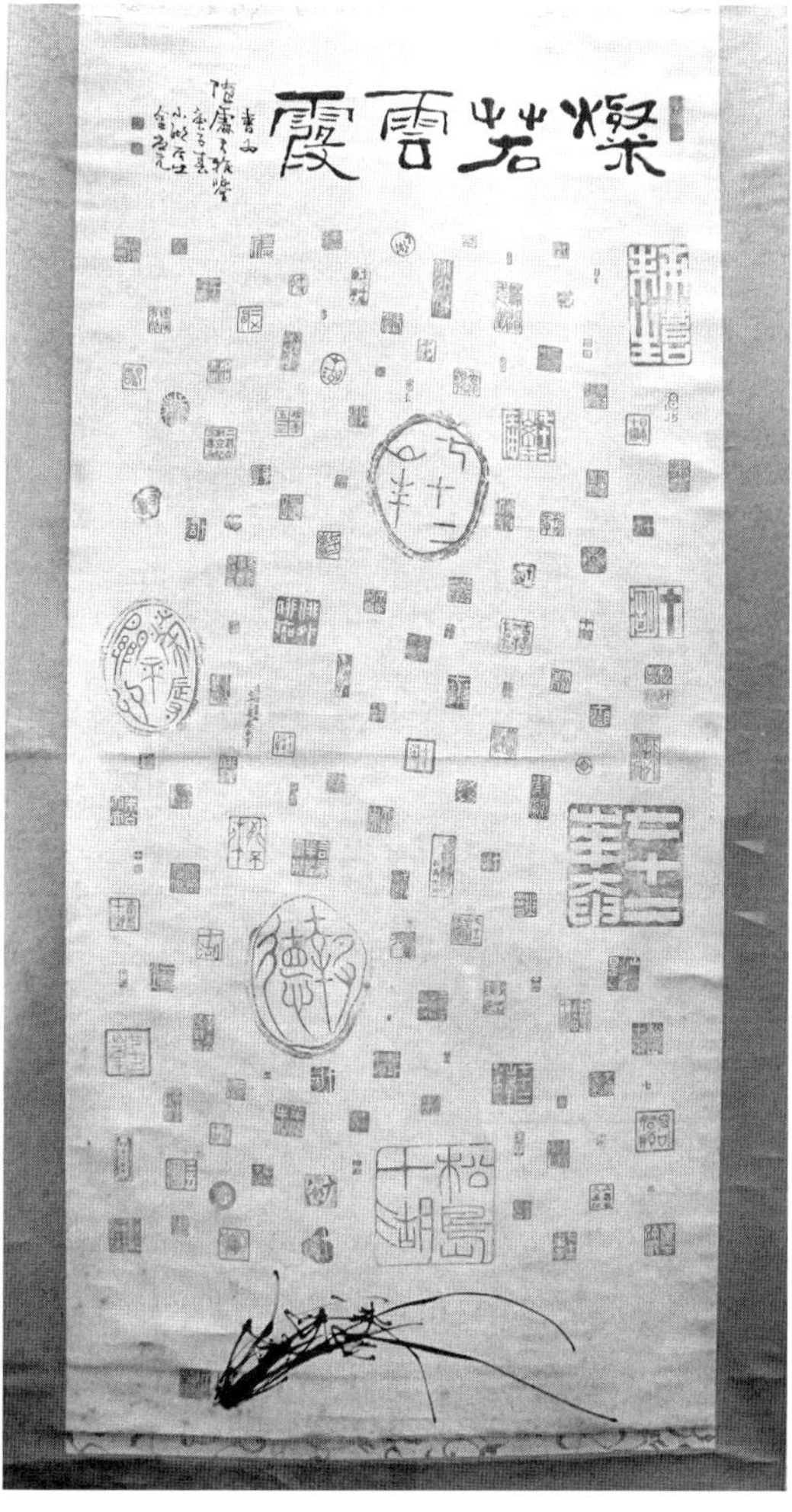

松島十湖　落款　源長院所蔵

【表紙絵について】

明治十六年、当時引佐麁玉郡長在任中の十湖が呼びかけ、人々の基金・協力によって完成した豊田橋（現かささぎ大橋　第二章・第五章参照）架橋記念絵図に、平成四年、有志の依頼を受けた美術家柳澤紀子氏によりシルクスクリーン彩色された限定百枚のうちの一枚。
（豊西町・小栗茂久氏所蔵）

【柳澤紀子氏】

浜松市出身。掛川市在住。
東京藝術大学美術学部油絵専攻科・同大学院卒業。武蔵野芸術大学教授など歴任。

現在、国内外の美術館・画廊などで精力的に作品発表。

受賞歴＝日本版画協会賞・東京ステーションギャラリー賞・山口源大賞・静岡県文化奨励賞など多数。


（柳澤紀子氏コメント）

今回、うみのしほさんから「シルクスクリーン版豊田橋絵図を表紙に使いたい」とお電話いただいた時、「え、しーちゃん?!」驚くと同時に懐かしさでいっぱいになりました。というのも、しーちゃん、こと、うみのしほさん姉妹と、私方姉妹は、それぞれ小中学校の同級生、母親同士もＰＴＡ仲間と家族ぐるみで交流があったのです。

十湖さん、嬉しいご縁をありがとうございます。

しーちゃん、また姉妹でお会いしたいですね。

俳人　松島十湖の痛快人生

2022年12月18日　初版発行

著者・発行者　　うみの しほ

挿絵　塚田 雄太

発売元　静岡新聞社
〒422-8033　静岡市駿河区登呂3-1-1
電話 054-284-1666

印刷・製本　図書印刷

ISBN 978-4-7838-8059-2 C0023